家康 (七)

秀吉との和睦

第六巻までのあらすじ

イエズス会を通じ、本能寺の変を事前に知っていた秀吉。
信長の弔い合戦として、ついに家康は小牧・長久手で秀吉と対峙する。
本能寺の変から一年十ヶ月。
秀吉勢を相手に鮮やかな采配で大勝し、天下を築く意志と力量を示した家康。
だが、秀吉は敗れてなお、家康勢に睨みをきかせ、
両者の緊張関係は新たな局面を迎えることになる。

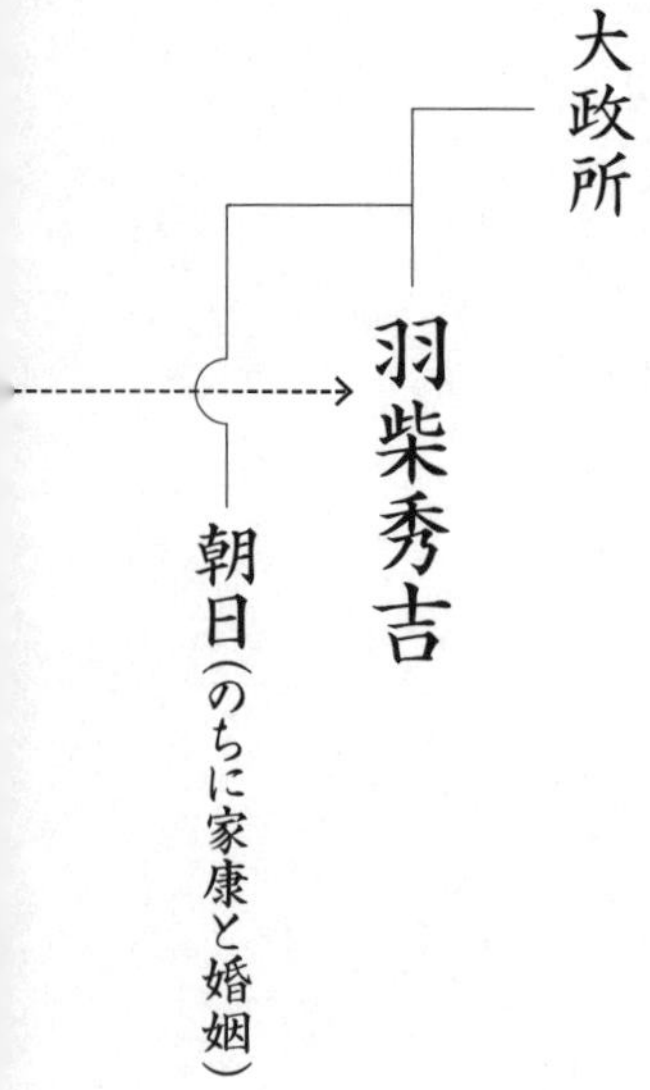

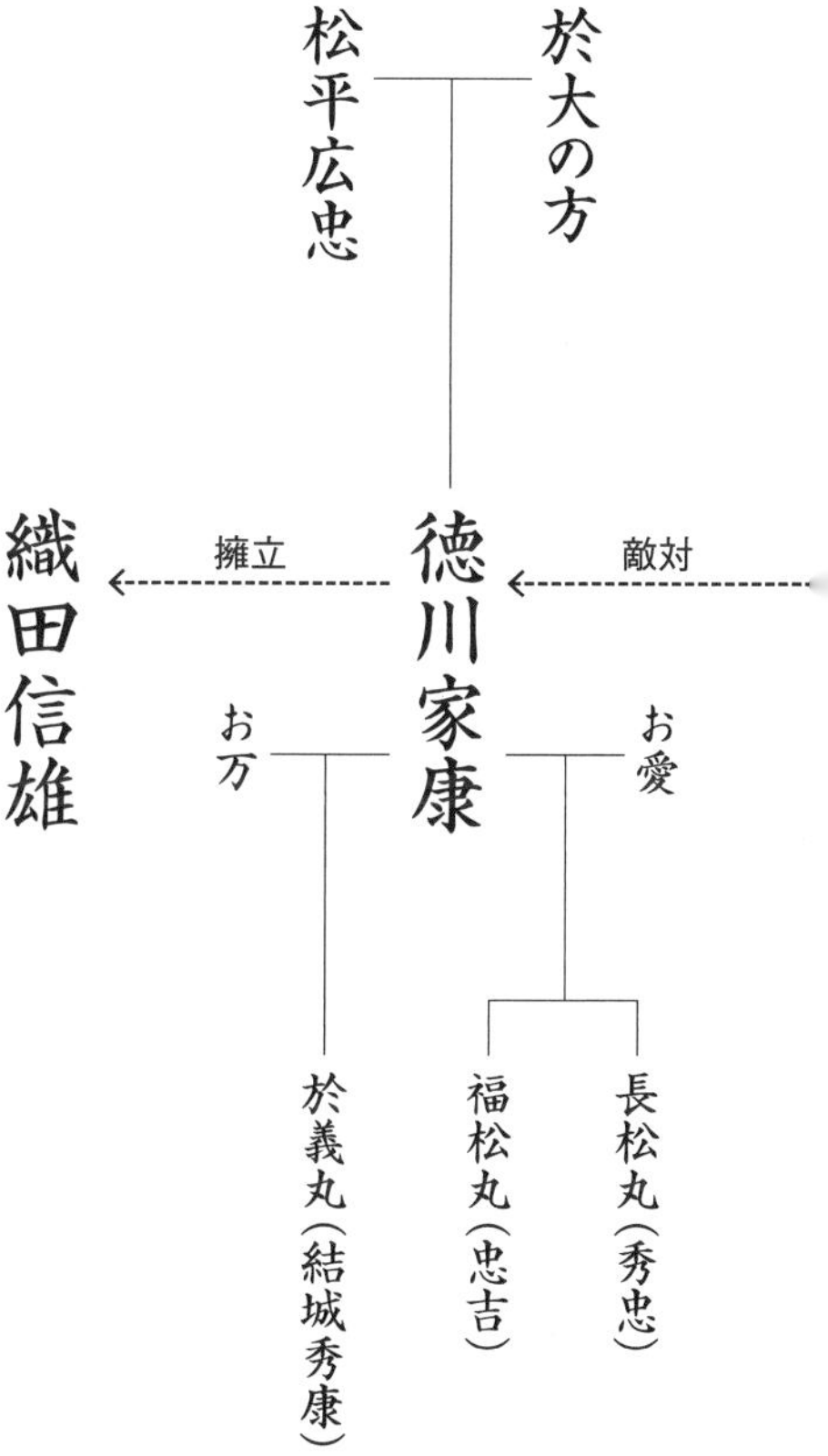

家康重臣

酒井忠次　石川数正　本多正信　平岩親吉　鳥居元忠

松平康忠　服部半蔵　本多忠勝　榊原康政　井伊直政

目次

第一章 秀吉討つべし

戦《いくさ》は終わった。

卯《う》の刻（午前六時）から始まった尾張長久手《おわりながくて》での激闘は、正午過ぎには徳川《とくがわ》勢の大勝によって幕を閉じた。天正《てんしょう》十二年（一五八四）四月九日のことである。

徳川家康《いえやす》は御旗山《みはたやま》の本陣から、長久手の戦場をながめていた。先ほどまでの喚声や銃声、軍勢のどよめきや馬のいななきがぴたりと止《や》み、あたりは静まり返っている。

北から南に続く細長い湿地帯には、池田恒興《いけだつねおき》や森長可《もりながよし》にひきいられた軍勢の屍《しかばね》が累々と横たわっていた。

（終わった）

家康は大きく息をついて床几《しょうぎ》に腰を下ろした。

この方面の戦だけでも五千ちかい敵を討ち取っている。未明からの白山林《はくさんばやし》での戦果を加えれば一万を超えるだろう。

二年前に本能寺《ほんのうじ》で信長《のぶなが》が斃《たお》れて以来、羽柴秀吉《はしばひでよし》の変幻自在の知略に翻弄《ほんろう》されてきたが、この一戦で顔色を失わせるほどの痛撃を与えたのである。

戦勝の喜びと安堵《あんど》はたとえようもなく大きいが、心の中にはそこはかとない悲しみの風が吹き抜けていた。

またしても殺生《せっしょう》に手を染めたという後悔と、討死した者にも帰りを待つ家族がいるという憐憫《れんびん》が、ふり払いようもなく押し寄せてくる。

折から吹き始めた南からの風が、木々の梢《こずえ》を揺らし、「厭離穢土《おんりえど》、欣求浄土《ごんぐじょうど》」と大書した本陣旗をはためかせてゆく。

風にはむせるような血の匂いが混じっていて、非情な現実を否応《いやおう》なく突き付けてきた。

「源七郎《げんしちろう》」

家康は近習《きんじゅ》の松平《まつだいら》源七郎康忠《やすただ》を呼んだ。

「ただちに陣払いをして小幡《おばた》城（名古屋市守山《もりやま》区）に向かう、その手配をせよ」

「承知いたしました」

「ここの始末は秀吉どのにつけてもらう。敵の骸《むくろ》に触れてはならぬと皆に伝えよ」

戦勝の後には兜首《かぶとくび》を取って手柄の証《あかし》としたり、刀や鎧《よろい》などを奪い取ることが多いが、家康はそうした行為を厳しく禁じた。

康忠は諸将に使い番を走らせて命令を伝え、馬廻《うままわ》り衆に行軍の隊列をととのえさせた。

御旗山を下りて檜ヶ根《ひのきがね》のふもとまで進むと、井伊直政《いいなおまさ》、榊原康政《さかきばらやすまさ》、大須賀康高《おおすがやすたか》らが整然と隊列を組んで集まってきた。

白山林での大敗の報は、すでに楽田《がくでん》城にいる秀吉に届いているだろう。秀吉は池田恒興らが孤塁《こるい》を守って救援を待っていると考え、徳川勢の背後をつこうとするにちがいない。

家康はそう考え、小幡城への道を急ぎに急いだ。そこから留守役が待つ小牧山《こまきやま》城までは、四里（約十六キロ）ほどしかなかった。

矢田《やだ》川を越えた時、服部半蔵《はっとりはんぞう》が自ら馬を飛ばして報告に来た。

「殿、秀吉が午《うま》の刻（午後零《れい》時）に竜泉寺《りゅうせんじ》城に入り申した。その数、およそ二万」

「して、動きは」

「城に留《とど》まったままでござる。敗走の兵が長久手でも大敗したと伝えたのでございましょう」

「長久手には重傷の者も多い。池田の雑兵《ぞうひょう》になりすました者に、助けに来るのを待っていると伝えさせよ」

二万の秀吉勢に小幡城や小牧山城を攻められたら危うい。戻るまで少しでも時間をかせぎたかった。

小幡城に着いたのは未《ひつじ》の刻（午後二時）である。日暮れには小牧山に向かうと告げ、それまで食事をとって体を休めるように全軍に命じた。

家康も兜と鎧の胴をぬぎ、小具足《こぐそく》姿になって横になった。喉が渇くのでしきりに水を飲んだが、空腹はまったく感じなかった。

戦場で研ぎ澄ましていた神経の高ぶりは鎮まらない。しばらくうつらうつらしたものの、背後から斬りかかられる夢にうなされ、飛び起きるようにして目を覚ました。

「康忠、今何刻《なんどき》じゃ」

「そろそろ申《さる》の刻（午後四時）でございます」

康忠はこんな時にも律儀に宿直《とのい》をつとめていた。

「何か手落ちがある気がするが」

しばらく思い巡らし、岡崎《おかざき》城（愛知県岡崎市）に戦勝を知らせることだと気付いた。

秀吉勢の奇襲にそなえて平岩親吉《ひらいわちかよし》と鳥居元忠《とりいもとただ》を三河《みかわ》に返したので、首を長くして吉報を待っているにちがいなかった。

康忠に書かせた書状は次の通りである。

〈今日九日午の刻、岩崎《いわさき》の口において合戦におよび、池田紀伊守《きいのかみ》（恒興）、森庄蔵《しょうぞう》（長可）、堀久太郎《ほりきゅうたろう》（秀政《ひでまさ》）、長谷川竹《はせがわたけ》（秀一《ひでかず》）、その外大将分ことごとく、人数一万余騎討捕《うちとり》候。すなわち上洛《じょうらく》を遂ぐべく候あいだ、本望察せられるべく候〉

この書状の面白いところは、末尾の卯月（四月）九日という日付の後に、中の刻という時間まで記していることだ。午の刻に大勝してからわずか四時間後に書状を書いたと明記し、二人に配慮していると言外に伝えているのである。

逃げおおせた堀秀政や長谷川秀一まで討ち取ったと記しているのは、情報が錯綜《さくそう》していたためだろう。一万余騎を討ち取ったという確認も取れていなかったはずだが、こうした書状にありがちな誇張ではなかった。

実際に戦場に出て指揮をとった松平家忠《いえただ》が日記（『家忠日記』）に、

〈敵先勢《さきぜい》池田勝入《しょうにゅう》（恒興）父子、森武蔵守《むさしのかみ》、その外一万五千余討捕候〉

そう記しているので、一万から一万五千の間が実数に近いと思われる。

興味深いのは〈すなわち上洛を遂ぐべく候あいだ、本望察せられるべく候〉と記していることだ。家康の目的は初めから秀吉を打ち破って上洛し、織田信雄《おだのぶかつ》を将軍として織田政権を樹立することにあった。

その目的をはたすために、この勝利を大きな弾《はず》みにしようとしていたのである。

夕方になり出発の仕度にかかっていると、半蔵が再び敵状を知らせに来た。

「秀吉は竜泉寺城から動きませぬ。今夜は城に留まるようでござる」

「長久手はどうした。救援の兵は出さぬか」

「弟秀長《ひでなが》の五千を向かわせており申す。竜泉寺城に泊まるのは、その帰りを待っためのようでござる」

「そうでなければならぬ」

これで秀吉勢に急襲されるおそれはなくなったが、なお安心はできなかった。

家康は井伊直政を小幡城に残し、まわりに赤々とかがり火を焚《た》くように命じた。

そうして大軍が留まっているように見せかけ、あたりが闇に閉ざされるのを待って移動を開始した。

小牧山城に着いたのは翌日の明け方である。大手口では留守役をつとめた酒井《さかい》忠《ただ》次《つぐ》、石川数正《いしかわかずまさ》、本多正信《ほんだまさのぶ》らが出迎えた。

「殿、見事に勝たれましたな」

忠次が誇らしげに馬の口を取った。

城内にはいたる所にかがり火を立て、負傷者を多聞櫓《たもんやぐら》に収容して手当てができるようにしていた。

四月十日の夕方、秀吉も家康の後を追うように竜泉寺城から楽田城にもどった。両者は再び一里（約四キロ）ばかりの距離をおいて対峙《たいじ》することになったが、秀吉は性急に攻めようとはしなかった。

これまで連戦連勝をつづけてきた秀吉にとって、初めての敗戦である。しかも一万人以上の将兵と盟友の池田恒興を失う痛手を負っただけに、事後の処理と態勢の立て直しに忙殺されていた。

この状況を見た家康は、翌日の午後に重臣たちを集めて祝勝会を開いた。

集まったのは長久手に出陣した井伊直政、本多忠勝《ただかつ》、榊原康政、留守役をつとめた酒井忠次、石川数正、本多正信。それに五千の兵をひきいて加勢に来ている織田信雄と家老の飯田半兵衛《いいだはんべえ》など、二十数人だった。

皆で盃事《さかずきごと》の真似《まね》をして甘酒を回し飲んだ後、松平康忠が小牧・長久手の軍略図を広げた。合戦のあらましを説明して情報を共有するためで、皆が車座になって絵図を囲んだ。

「それでは説明させていただきます。敵は我らを小牧山城に釘付けにしている間に三河に攻め入ろうと、別動隊二万五千を六日の夜半に出陣させました」

大将は三好秀次《みよしひでつぐ》、先陣は池田恒興、森長可で、八日の夜に秀次本隊は白山林に夜営し、先陣部隊は岩崎城（愛知県日進市《にっしんし》）攻めにそなえて長久手まで進出した。

「殿はこの知らせを受け、別動隊を討ち果たすべく八日の夜に小牧山城を出陣、九日の子《ね》の刻（午前零時）に小幡城に入られました」

城にはすでに榊原康政、大須賀康高らの先陣部隊が到着していて、敵の動きをつぶさにつかんでいた。

そこで家康は康政、康高の軍勢五千に水野《みずの》忠重《ただしげ》、勝成《かつなり》父子の三千を加え、白山林の秀次本隊に夜襲をかけさせることにした。

「その間に殿は七千の本隊をひきいて長久手の北にある色金山《いろがねやま》に向かい、敵の先陣部隊が急を聞いて引き返してくるのを待たれたのでござる」

結果は白山林の敵七千余、先陣の敵五千余を討ち取る大勝利である。しかも秀次本隊が遺棄した鉄砲約八百、弾薬十万発分ばかりを回収したのだった。

「白山林では先陣の大須賀どのと水野忠重どのが敵の背後から、榊原どのが南に回り込んで痛撃を加えられました。そこに本多忠勝どのも加わり、寅《とら》の刻（午前四時）からわずか一刻（二時間）ばかりで敵を壊滅させたのでございます」

康忠は軍略図を扇の先で指しながら、軍勢の動きを克明に解説した。

「また長久手では堀秀政の二千ばかりが真っ先に取って返し、檜ヶ根に上がって池田、森勢の到着を待とうとしました。そこで殿は色金山を下り、檜ヶ根の南の御旗山に本陣を移して堀勢を追い払われたのでござる。この時先手《さきて》をつとめられたのは、井伊直政どのでございました」

直政がひきいる赤備え三千は、武田《たけだ》家が滅亡した後に徳川家に仕えた武田の旧臣たちである。亡き信玄公の遺徳を示すのはこの時とばかり、命を惜しまぬ突撃をくり返したのだった。

「堀勢は支えきれぬと見て、旗を捨てて色金山方面に逃れました。そこで殿は堀勢の旗を檜ヶ根に立てたまま、池田、森勢がもどって来るのを待たれたのでござる」

「それは見事な計略でござるな。そうしておけば池田どのは堀勢が健在だと思われる。殿を南北から挟み撃ちにできると考えられたはずじゃ」

　忠次が感に堪えない様子で軍略図に見入った。

「さよう。もしこの計略がなければ、池田どのは長久手の南の丘に陣を据えたまま、羽柴勢が救援に来るのを待たれたでしょう。そうなっていたなら、我らが窮地に追い込まれるところでございました」

　勝敗の分かれ目は、まさに一瞬の判断にかかっている。康忠は家康の間近にいてそのことを実感していた。

「殿はまさに三国一の弓取りであられる。長篠《ながしの》の戦いでは鳶ケ巣山《とびがすやま》をいち早く押さえられたし、甲州での戦いでは二万の北条《ほうじょう》勢を若神子《わかみこ》城に封じ込めて一歩も動けなくされた」

「そうじゃ。武田や北条の精兵《せいびょう》に比べれば、西国の武士など物の数ではないわい」

　車座の中からそうした声が上がり、何人かが雷同して勇まし気な声を上げた。

　酒は入っていなくても、戦場での興奮を引きずり大勝の余韻に酔っている。己を誇り敵を見下したいという傲《おご》りに駆られるのも、仕方がないことだった。

座は少しずつ乱れてきたが、家康は成り行きに任せていた。

好き勝手に物が言えるのは、徳川家臣団のいい所である。言いたいことを言ってしまえば不満を胸にため込むこともないし、言ったからには不様《ぶざま》なことはできないと責任感も生まれてくる。

ただ主筋《しゆうすじ》にあたる信雄に失礼にならないかと案じていたが、興に乗った家臣どもはお構いなしに話に深入りしていった。


こんな時の一番の話題。それは誰が一番槍《やり》で誰が一番の手柄かということである。

一番槍は白山林に夜襲をかけた大須賀康高だとは衆目の一致するところだが、一番の手柄となると判定は難しかった。

「それは敵の大将、池田どのを討ち取ったお方でござろう」

当然だとばかりに言いつのる者がいた。

討ち取ったのは永井直勝《ながいなおかつ》。まだ二十二歳の若武者である。初め家康の嫡男信康《ちやくなんのぶやす》に仕えていたが、五年前に信康が自害させられた時に蟄居《ちつきよ》した。その才質を惜しんだ家康が、一年後に馬廻り衆に加えたのだった。

「武者働きならそうかもしれぬ。しかし重要なのは将としていかに功を立てたかということでござる」

「ならば檜ヶ根の堀勢を追い崩した井伊直政どのであろう」

「いやいや、白山林を南から攻めた榊原康政どのの働きこそ見事でござった」

「何を申す。池田勢を正面から打ち破ったのは水野忠重どのとご子息勝成どのじゃ」

　思った通りのことを言う者もいれば、何かの思惑をもって誉《ほ》め上げる者もいて、なかなか結論は出なかった。

　その揚げ句に、ならば全員で入れ札をしたらどうかと言い出す者がいた。懐紙に名前を書いて投じ、一番多かった者を一番手柄にすればいいと言うのである。

「戦場は広く、戦いは白山林と長久手に分かれておる。全てを見通した者はおらぬゆえ、皆が入れ札するのがもっとも公平であろう」

「なるほど、それは道理でござるな」

「ひとつたずねたい。それには己の名を書いても良いものでござろうか」

「そんな厚かましい者はおるまいが、自分でそうと思うなら結構なことではないか」

長老格の本多広孝《ひろたか》が言うと、これにも賛否をとなえる者がいて、いよいよ収拾がつかなくなった。

「殿、この儀はいかがでございましょうか」

頃合いを見計らい、康忠が家康にうかがいを立てた。

「本日は信雄さまにもご臨席をいただいておる。入れ札はまたの機会にしておけ」

家康はそれを口実に止めようとした。

「余は構いませぬぞ。自由闊達《かったつ》なご家風に触れ、目を開かれる思いでござる」

信雄は二十七になるが、武将としての才質に欠けている。父信長に似た顔立ちをしているが、受け継いだのは美的な感性と繊細さだけのようだった。

「これは闊達などとは申せませぬ。我がまま放題で恥ずかしい限りでござる」

「殿、よろしいではござらぬか。どんな結果になるか、皆も楽しみにしておりましょう」

家老格の酒井忠次の一言で、皆に矢立てを回すことにした。

皆が懐紙に記入を終え、家康の前に据えた折敷《おしき》に置いていく。誰の名を書いたか見えないように、懐紙を入念に折り返していた。

「それでは、開かせていただきましょう」

康忠が折敷を取り上げようとしたが、家康はそれには及ばぬと制止した。

「これはわしが預かり、後日の行賞《こうしょう》の参考にさせてもらう」

「殿、それは殺生でございましょう。我らの身にもなって下され」

身を乗り出して抗議する者がいた。

「さようでござる。知恵を絞り公正たらんとして、名を記したのでござるぞ」

「どうあっても開かれぬとあらば、殿は誰を一番の手柄と考えておられるか聞かせていただきたい」

家臣たちが口々に不満を並べた。

家康と我らは対等だという気風が、家中には今でもある。それは家臣たちに伸びと力を発揮させようと、家康が醸成してきたものでもあった。

「戦はまだ終わっておらぬ。我こそはと思っている者は、これからの働きによって己の値打ちを示してくれ」

家康は頑として応じなかった。まだその時期ではないし、ここで誰かの名を挙げれば必ず不満が出るからだった。

「彼を知り己を知れば百戦殆《あやう》からずと言う。数正、秀吉どのの戦ぶりを皆に教えてやってくれ」

「秀吉との交渉役をつとめてきた石川数正に話を向けた。

「秀吉どのの強みを手短に言えば、金と知恵と情報でございましょう」

おわかりかなと言いたげに、数正が皆をゆっくりと見回した。

忠次と並ぶ重鎮で、三河一国を預かっている。知恵比べでは人後に落ちぬと、並々ならぬ自負心を持っていた。

「その代表的な戦が、鳥取《とっとり》城攻めと備中《びっちゅう》高松《たかまつ》城攻めでござる。吉川経家《きっかわつねいえ》がこもる鳥取城を攻めた時、秀吉どのはあらかじめ城下に商人を送り込み、普段の倍の値で米を買い上げさせ申した」

そうとは知らない商人や農民たちは、喜んで米を売ったために米蔵が空になった。それを見計らって秀吉が大軍を動かし、城を包囲して兵糧攻めにしたために、吉川勢は降伏するしかなくなったのである。

「備中高松城を攻めた時は、ちょうど梅雨《つゆ》の時期でござった。しかも城は足守《あしもり》川に近い湿地にあったために、川の土手を利用して水攻めにされたのでござる。それゆえ城は水に沈み、城主清水宗治《しみずむねはる》は切腹して城を明け渡すことになり申した」

「何とも卑怯な手を使うものよな」

本多広孝が汚《け》らわしげに吐き捨てると、何人かが同意の声を上げた。

「ご無礼ですが広孝どの。そのようなお考えではこれからの戦には勝てませぬぞ」

数正は五歳上の広孝に敬意を払ったが、言うべきことは遠慮なく口にした。

「ほう、なぜ勝てぬ」

「これからは武者働きばかりでなく、相手の弱点を見抜く知恵と、知恵をめぐらすための情報、それに鉄砲の弾や火薬を買うための銭が必要でござる」

だから国を豊かにする策をほどこし、敵に倍する将兵を養っておかなければならない。数正はここぞとばかりに正論をのべたが、皆の心には響かなかった。

「秀吉どのの知恵には、我らも手を焼いたものでござる。のう信雄さま」

家康は傍《かたわ》らの信雄に話を向けた。

「さよう。忠臣のふりをして余と弟の信孝《のぶたか》の仲を裂き、信孝と柴田《しばた》勝家《かついえ》を亡《ほろ》ぼしたばかりか、勝家に嫁いだ叔母上まで殺し申した。そうして今度は織田家を亡ぼし、天下の権を奪おうとしておる」

「おおせの通りでござる。わしがなぜ秀吉を討ち果たそうと決意したか、よい機会ゆえ皆にも話しておくことにいたしましょう」

すでに甘酒は終わり、点《た》てたばかりのお茶を小姓《こしょう》たちが運んでいる。家康は大ぶりの井戸《いど》茶碗《ぢゃわん》の薄茶を飲み、車座になった家臣たちを見回した。甘酒の甘さが残る口を、抹茶の苦みとさわやかな香りが洗っていった。

「本能寺で信長公が果てられてから二年の間、わしは八方手を尽くして真相を突き止めようとしてきた。その結果、変の背後で二つの勢力がうごめいていたことが分かった」

ひとつは室町《むろまち》幕府の再興を目ざしていた将軍足利義昭《あしかがよしあき》と、義昭の従兄《いとこ》に当たる前《さき》の太政大臣《だいじょうだいじん》近衛前久《このえさきひさ》たちである。

義昭は毛利輝元《もうりてるもと》を副将軍とし、土佐《とさ》の長宗我部元親《ちょうそかべもとちか》や薩摩《さつま》の島津義久《しまづよしひさ》らを身方《みかた》に付け、明智光秀《あけちみつひで》を寝返らせて信長を討ち果たした。

「ところがその動きを察知し、変が起こるのを待って漁夫の利を得ようと企てた者たちがいる。それが黒田官兵衛《くろだかんべえ》を中心とするクリスタン勢力だ。イエズス会やスペインの支援を得た官兵衛は、秀吉や細川幽斎《ほそかわゆうさい》を動かし、変の直後に光秀を討って天下を取る計略を立てた。弥八郎《やはちろう》、そうであろう」

「さよう。光秀は幽斎を身方と頼み、変の計略についても何くれとなく相談しておりました。ところが二股者《ふたまたもの》の幽斎は、光秀に協力するふりをして内情を逐一秀吉に伝えていたのでござる」

本多弥八郎正信が数正をちらりと見やって答えた。

正信は三河の一向一揆《いっこういっき》に加わって出奔した後、大坂本願寺《ほんがんじ》の参謀として信長と戦いつづけてきただけに、畿内の状況や各大名の動きに精通していた。

「つまり細川幽斎どのは、将軍も太政大臣も裏切られたということか」

広孝が信じられぬとばかりに頭《かぶり》を振った。

「おおせの通りでござる。両者の連絡役には秀吉の弟秀長と幽斎の重臣松井康之《まついやすゆき》が当たっておりました」

本能寺の変が起こった時、秀吉は備中高松城を包囲して毛利勢と対峙していた。

そして信長が討たれたという報を得ると、毛利方に何もかも伝えて和を結び、古川、小早川《こばやかわ》家から人質を取って大返しにかかったのである。

一般的に言われていることとあまりに違う成り行きだが、秀吉の右筆《ゆうひつ》だった杉若《すぎわか》無心《むしん》が、松井康之にあてた天正十年（一五八二）六月八日の書状が、それが事実であることを物語っている。

〈西国表《さいごくおもて》の儀、存分のまま、両川《りょうせん》（吉川、小早川）人質定《じょう》ふ（丈夫）に相定め、三ケ国相渡され、去る六日に姫路《ひめじ》に至り、秀吉馬を収められ候〉（『松井家譜』）

秀吉は山崎《やまざき》の戦いの五日も前に幽斎に内情を伝えたばかりか、この書状の後半では、弟の秀長と松井康之は昵懇《じっこん》の間柄なので万事粗略にはしないと約束しているのである。

「つまり秀吉は、変が起こるのを知りながら、信長公を見殺しにしたということじゃ。やがて必ず天下の権を奪おうとする」

それを黙って見過ごしていいのかと、家康は強い口調で家臣たちに問いかけた。

手柄に酔って呆《ほう》けたような顔をしていた家臣たちが、急に背筋を伸ばして引き締まった表情になった。家康がこんな物言いをしたなら、絶対に後には引かないと承知しているからである。

「わしは秀吉を打ち破って上洛をはたし、信雄さまを将軍として信長公のお志《こころざし》を継いでいただく。そのための手もすでに打ってある」

　家康の意を察して、康忠がもう一枚の軍略図を広げた。日本全土を記した絵図で、畿内から西国までと、前田利家《まえだとしいえ》の加賀《かが》、上杉景勝《うえすぎかげかつ》の越後《えちご》が、秀吉の勢力圏であることを示す薄青色に塗られている。

　これに対して家康の三河、遠江《とおとうみ》、駿河《するが》、甲斐《かい》、信濃《しなの》の五ヶ国、信雄の尾張《おわり》、美濃《みの》、伊勢《いせ》、北条の関東六ヶ国が薄赤色に塗ってあった。

「我らの版図は十四ヶ国。これに加えて土佐の長宗我部と越中《えっちゅう》の佐々《さっさ》、紀州の惣国《そうこく》一揆が身方になっておる。やがて大坂本願寺の顕如《けんにょ》さまも身方に参じられるであろう」

　しかも緒戦で一万余の秀吉勢を討ち取ったのだから、状況は圧倒的に有利だった。

「敵は七万の軍勢をそろえておるが、その結束が弱いことは長久手の戦いが示しておる。やがて信雄さまが将軍になられたなら、先ほどの入れ札を披見して恩賞を下していただく。その日を楽しみにしておくがよい」

　家康は一気に語り終え、皆に声をかけてくれと信雄に頼んだ。

「このたびの勝ち戦、まことに見事である。三河守どのは亡き父がもっとも信頼し、力量を誰よりも高く評価していたお方じゃ。その期待にたがわず、逆賊秀吉を討つために立って下された。心よりお礼を申し上げる」

信雄が姿勢を正して頭を下げ、この戦いに勝ち抜くことを改めて誓ったのだった。

長久手の戦いに大敗した羽柴秀吉は戦法を変えた。楽田城からいったん美濃に引き上げ、長良川《ながら》をこえて竹ヶ鼻城《たけがはな》（岐阜県羽島市竹鼻町《はしまたけはなちょう》）に攻めかかったのである。

竹ヶ鼻城は長良川と木曽川《きそ》の間の低湿地帯にある。城の東を木曽川の支流が流れているので、土手を築いて城下への洪水の流入を防いでいる。

これを見た秀吉は、備中高松城を水攻めにした時と同じように、城の南と西に長さ一里の土手を築き、既存《きそん》の土手とつなげて支流の水を引き入れたのである。

秀吉得意の水攻めで、地元の住民まで動員した突貫工事はわずか五日で終わり、六月初めには城も城下も水びたしになった。

城主の不破広綱《ふわひろつな》は攻撃に耐え、救援を要請する使者を矢継ぎ早に送ってくる。家康はこれに応えて本多忠勝を大将とする三千の兵を送ったが、

「敵を牽制《けんせい》しておくだけで良い。決して深入りするな」

忠勝にそう言い含めた。

秀吉の狙いは竹ヶ鼻城を囮《おとり》にして家康と織田信雄の本隊を誘い出し、後詰め決戦に持ち込むことである。秀吉勢はおよそ八万、身方はその半分にも満たないのだから、平野での決戦は圧倒的に不利だった。

家康は城主の広綱に密書を送り、後のことは保証するので降伏して城を明け渡すように勧めた。

一方の秀吉も、背後を四国の長宗我部元親や紀州の惣国一揆におびやかされている。家康が出て来ないのに、竹ヶ鼻城に長々と大軍をとどめておくのは不利だと判断し、城を明け渡すなら誰も処罰はしないという条件で六月十日に和議を結んだ。

家康の読み通りの成り行きだが、敵に竹ヶ鼻城を押さえられたのは大きな痛手だった。

ここから敵は、家康がいる小牧山城にも織田信雄の伊勢長島《ながしま》城にも攻め寄せることができる。長良川、木曽川を防御線とした尾張の守備陣の一角が破られ、大きな危機にさらされていた。

家康の決断は早かった。

「小牧山城の守りは酒井忠次に任せる。他の者はわしと共に清洲《きよす》城に移る仕度《したく》をせよ」

諸将に命じ、六月十二日には一万余の軍勢をひきいて清洲城に入ったのだった。

翌十三日の夕方、服部半蔵がやってきた。

家康と同じ四十三歳なので陣頭指揮をとるのは応えるはずだが、若返ったように生き生きとしていた。

「殿、秀吉が大垣《おおがき》城まで退《ひ》き申した。竹ヶ鼻城には一柳直末《ひとつやなぎなおすえ》を大将とする三千ばかりを残しているだけでございます」

「ならば大垣城の見張りを増やし、秀吉がどう動くかを探ってくれ。何か次なる策があるはずじゃ」

「すでに五十人を走らせております。それがしも揖斐《いび》川あたりを見回って参りましょう」

「この暑さじゃ。無理をせずに若い者に行かせれば良い」

すでに夏の盛りで、尾張はうだるように蒸し暑い。南からの風には干潟《ひがた》の生臭さが混じるので、息をするのも嫌になるほどだった。

「無理ではござらぬ。役目を楽しんでおりまする」

「ほう、楽しいか」

「三国一の弓取りになられた殿と、天下一の智恵者《ちえしゃ》の秀吉が、四つに組んで戦っておられる。それをこうして間近で見られるとは、伊賀者冥利《いがものみょうり》につきまする」

半蔵は一礼するなり身をひるがえし、夕暮れの薄闇の中に消えていった。

家康は尾張の軍略図を広げ、しばらく考えをめぐらしてから本多弥八郎正信を呼んだ。

「暑うござるな。地獄の釜で茹《ゆ》でられるかの如《ごと》きでござる」

正信は丈夫な骨格の体を、麻の着物一枚で包んでいた。

「秀吉が大垣城に引き上げた。竹ヶ鼻には三千を残しているばかりだ」

これをどう見る。何を狙っていると思うかとたずねた。

「殿は狡猾《こうかつ》という言葉をご存じでござるか」

「ずる賢いという意味であろう」

「それだけでは足りませぬ。ずる賢い上に計算高いことを申します」

「さようか。それで」

「秀吉は狡猾が鎧を着ているような男でござる。目論《もくろ》みがないはずはござるまい」

相変わらず人を見下した物言いをする。お前こそ傲慢《ごうまん》とへそ曲がりが丁髷《ちょんまげ》を結っているようなものだと言ってやりたくなった。

「それはどんな目論みだ」

「殿はどう思われる。伊達《だて》にこんな物を広げておられるわけではござるまい」

正信がにやりと笑って軍略図を見やった。

この時の尾張の戦局は、囲碁にたとえれば分かりやすい。

秀吉に竹ヶ鼻城を取られた家康方は、防御線を木曽川まで下げ、北は小牧山、西は清洲、南は長島と桑名《くわな》を拠点とし、相互に連絡を取って守りを固めていた。

これに対して秀吉は北は楽田城、西は竹ヶ鼻城と大垣城、南は亀山《かめやま》城や松ヶ島《まつがしま》城を拠点とし、家康方の防御網を打ち破ろうとしている。

これが囲碁の勝負なら、秀吉は広々と空いた家康の内懐に捨て石を打ち込み、その混乱に乗じて外側から突破にかかるだろう。

その作戦に適した場所は一ヶ所しかない。伊勢湾に面した蟹江《かにえ》城である。ここは清洲城と長島城の中間に位置し、家康と信雄の連絡を断つにも最適だった。

「ここか」

家康は蟹江川の河口にある城を指した。

城は二の丸、三の丸を備えた堅固な造りで、西の対岸には大野《おおの》城、南の中洲には下市場《しもいちば》城があった。

「さよう。城主の佐久間正勝《さくままさかつ》どのは、ただ今伊勢の守りを固めるために萱生砦《かようとりで》に出陣しておられます」

「蟹江城を狙われるとは、信雄どのは思っておられぬようだな」

家康はすぐに近習の松平康忠を呼び、諸将への指示を伝えた。

「井伊直政はすぐに松葉《まつば》城に移り、蟹江城の異変にそなえること。水野忠重は知多《ちた》の水軍に使者を送り、九鬼《くき》水軍に備えて待機させること。服部半蔵は蟹江城、大野城の動きにも目を光らせておくこと」

さて、秀吉はどう出るか。九鬼嘉隆《よしたか》を身方にしているので水軍はそろえられるだろうが、それだけではとても勝算は立つまい。

いったん竹ヶ鼻方面から総攻撃をかけて家康勢をおびき出し、その隙に九鬼水軍や伊勢の兵に蟹江城を襲わせるつもりではないか。

対する身方は、蟹江城の本丸を佐久間正勝の叔父信辰《のぶとき》が、二の丸を前田長定《ながさだ》が守り、大野城は佐久間家の重臣山口重政《やまぐちしげまさ》が預かっている。中洲にある下市場城には前田長定の弟利定《としさだ》が配されていた。

事態は三日後、六月十六日に動いた。

寄手《よせて》の大将は滝川一益《たきがわかずます》だった。

賤《しず》ヶ岳《たけ》の戦いに敗れた後、秀吉の軍門に降《くだ》っていた一益は、起死回生を期して蟹江城攻めを決行した。

一族、旧臣ら二千余を集め、九鬼水軍の船で白子湊《しろこみなと》を出港し、十六日の正午過ぎには蟹江城に乗りつけた。しかもこれに応じて、前田一族が寝返ったのだった。

その知らせが清洲城に届いたのは申の刻過ぎである。家康はあまりの暑さに弱り果て、水風呂に深々とつかっていた。

「前田が寝返っただと」

知らせを聞くなり、腹立ちまぎれにざばりと立ち上がった。

「前田長定は滝川勢を蟹江城内に引き入れました。下市場城の前田利定は、九鬼水軍を係留させております」

　半蔵の配下が伝えた。

「大野城はどうした」

「山口重政どのは滝川の誘いを拒み、城に籠《こ》もって門を閉ざしておられます。その人数は五百ばかり」

「康忠、出陣じゃ。鉦《かね》を打て、太鼓を叩《たた》け」

　家康は下帯を締め、湯上がりを着ただけで、愛馬を駆って戸田《とだ》（名古屋市中川区富田町《とみだちょう》）に向かった。

　戸田は蟹江城の半里ほど東に位置し、浄土宗の寺がある。この寺を陣所とした時には従う者は二十人ばかりだったが、やがて松葉城に配していた井伊直政が駆けつけ、本多忠勝、榊原康政、大須賀康高、石川数正らが続々とつづいた。

「滝川、九鬼勢が大野城を攻めております」

「下一色《しもいっしき》城の前田長種《ながたね》も寝返り申した。その数およそ八百」

「織田信雄さまは二千の兵をひきい、長島城から船を出して大野城の救援に向かっておられます」

半蔵の配下が次々に知らせをもたらした。

「秀吉が出て来る前に、敵を討ち果たさねばならぬ。直政と忠勝は蟹江城を北から攻めよ。数正は下一色城の動きを封じるのじゃ」

家康の命令を受けた者は即座に立って出かけていく。細かいことを言わなくても、何をすべきかは分かっていた。

「他の者はこれより大野城に向かい、信雄さまの軍勢と一手になって蟹江城を攻める。忠重《ただしげ》はおるか」

「こちらに」

家康の叔父にあたる水野忠重が声を上げた。

「知多水軍はいつ動ける」

「明朝には出港できまする」

「数は」

「船三百、人数は二千ばかりでござる」

忠重は家康に命じられて、知多半島西岸の諸将に出陣の手配をさせていた。

「ならばそちは勝成とともに庄内《しょうない》川の湊《みなと》で待ち受け、水軍の陣頭に立って下市場城を攻めよ」

「承知いたしました」

忠重は嫡男勝成を従えて湊に向かった。

「康忠、これに」

家康は松平康忠を呼んで小牧山城の酒井忠次にあてた書状をしたためさせた。できるだけ多くの人数を引き連れて、蟹江城攻めに加わるように命じたのである。

「しかし、殿」

それでは楽田城の秀吉勢に付け入られるのではないか。康忠がそう案じた。

「懸念《けねん》にはおよばぬ。秀吉は全軍を竹ヶ鼻城に集め、蟹江城の混乱に乗じて、尾張に攻め入ろうとするはずじゃ」

楽田城の主力もそちらに移るので、小牧山城が攻められることはないと読んでいた。

家康は翌日の夜明け前に戸田を出て、明け方に大野城に入った。

城は昨日の激戦の跡をとどめていたが、破られた城門は一ヶ所もない。城の舟入りには、信雄がひきいてきた水軍の船がびっしりとつないであった。

「三河守どの、早々のご出陣、かたじけのうござる」

南蛮胴《なんばんどう》の鎧を着た信雄が、山口重政を従えて出迎えた。

「信雄さまこそ。素早く対応していただいたお陰で、この城を失わずにすみました」

「ここを取られるわけには参りませぬ。それにこの重政は、母を人質に取られながら当家に忠誠を尽くしてくれましたゆえ」

助けないわけにはいかなかったと、信雄が武将らしいりりしい表情をした。

重政は二十一歳の若武者である。尾張星崎《ほしざき》城主に任じられた山口重勝《しげかつ》の養子で、五百の兵をひきいて大野城の守りについていた。

「よく節を曲げなかった。この城を守り抜くことができたのは、そちのお陰じゃ」

「過分のお言葉、かたじけのうございます」

重政が片膝をつき、蟹江城の敵は滝川、前田勢三千、下市場城は九鬼、前田勢一千余だと報告した。

家康はすぐに大野城の本丸に皆を集めて軍議を開いた。

「まず下市場城を攻め落とし、敵の退路を断った上で蟹江城にかかる。今日の巳《み》の刻（午前十時）には知多水軍が到着するゆえ、それに呼応して東西から城を攻める」

軍略図で攻め口を指示し、船は何艘《そう》あるかと信雄にたずねた。

「三百艘ばかり。そのうち三艘が安宅船《あたけぶね》、五艘が関船《せきぶね》でござる」

信雄にかわって家老の飯田半兵衛が答えた。

安宅船とは船館を持つ大型の構造船で、関船はそれをひと回り小さくして機動性を高めたものである。

「それでは関船三艘、小早船《こはやぶね》百艘を貸していただきたい。我らは新手《あらて》ゆえ、下市場城攻めを受け持たせていただきます」

「殿、この儀はいかがでござろうか」

半兵衛がうかがいを立てると、信雄は即座に承知した。

「余は安宅船に乗って後詰めをいたす。三河守どのの先手衆の戦ぶりを、じっくりと拝見させていただきましょう」

「かたじけのうござる。それでは」

大須賀康高と榊原康政を大将とする船団には中洲の西から、菅沼定盈《すがぬまさだみつ》を大将とする別動隊には北から、下市場城に攻めかかるように命じた。

「知多水軍が見えたなら陣太鼓を打つ。それを合図に船を出せ」

知多水軍は手筈《てはず》通り巳の刻に現れた。

三百艘の船団を二手に分け、一隊を水野忠重、勝成父子が、もう一隊を大草《おおくさ》城（知多市大草）の織田有楽斎長益《うらくさいながます》がひきいていた。

忠重らは蟹江城の南大手門の前に船をつけ、滝川勢が下市場城の救援に向かえないようにした。長益らは真《ま》っ直《す》ぐに船を進め、中洲の東に船をつけた。

下市場城は中洲の中央にある一町（約百九メートル）四方ほどの小さな砦《とりで》である。だが城の北と東西には幅十五間《けん》（約二十七メートル）ほどの水堀を配し、船がつなげるようにしていた。

九鬼嘉隆はこの水堀に船を引き入れ、船縁《ふなべり》に隙間なく竹束を並べて守りを固めている。南側は一面の低湿地で、泥沼の中に逆茂木《さかもぎ》が投げ込まれていた。

城兵はおよそ千人。徳川方は三千余人。至近距離からの激しい銃撃戦が始まった頃、萱生砦の守備についていた佐久間正勝が船を連ねて大野城にもどってきた。

「留守の間に城が乗っ取られる仕儀となり、面目ございませぬ。この上は蟹江城攻めの先手をうけたまわり、裏切り者をこの手で討ち果たす所存でございます」

佐久間正勝は主君である織田信雄に出撃の許可を求めた。

家康とも縁のあった佐久間信盛《のぶもり》の長男で、信長に叱責されて高野山《こうやさん》に追放されたが、父の死後に赦免されて信雄に仕え、蟹江城を任されていたのだった。

「ならばそれがしも」

同行させていただきたいと山口重政が申し出た。

「三河守どの、いかがでござろうか」

信雄はすべての指揮を家康にゆだねていた。

「殊勝なるご覚悟じゃ。ならば西口の門を受け持っていただきたい」

許しを得た正勝と重政は、八百余の手勢をひきいて蟹江城の西口門に船を乗りつけた。

翌十八日、下市場城を包囲していた徳川勢は、早朝の干潮を待っていっせいに攻めかかった。九鬼水軍は水深が浅くなって舟入りから出られない。そこを狙って攻撃を仕掛けたが、相手は竹束を楯《たて》にして半日ちかく持ちこたえた。

そうして午後の満潮を待ち、九鬼嘉隆は東の水門を開けて討って出た。

この時先頭を切ったのは、嘉隆の重臣村田七太夫《むらたしちだゆう》である。七太夫自身が船の舳先《へさき》に立ち、正確無比な銃撃をして活路を開いている。

それを目がけて有楽斎長益の家臣間宮造酒丞信高《まみやみきのじょうのぶたか》が船を寄せ、鉤縄《かぎなわ》をかけて敵の動きを封じようとした。

すると七太夫が縄を切り落とし、鉄砲での勝負をいどんだ。

「そちらの御仁《ごじん》は鉄砲名人と噂《うわさ》の高い、間宮造酒丞どのとお見受けいたす。相手にとって不足はない。相向かいで勝負をいたそうではないか」

武芸に生きる者ほどこうした申し出に弱い。一騎討ちは戦場の花でもある。信高は望むところとばかりに船を離し、二十間（約三十六メートル）ばかりの距離をおいて向き合った。

互いに舳先で鉄砲を撃ち合うのである。波の上での難しい勝負だが、勝ったのは村田七太夫だった。しかも知多水軍が固唾《かたず》を呑《の》んで勝負を見守っている間に、嘉隆らは船を連ねて洋上に脱出した。

ところがこれを見て、大野城から猛然と追撃する船があった。

後詰めをしていた信雄である。

安宅船は船体が大きいのでそれほど速くは動けない。ところがこの時はちょうど満潮の後の引き潮が始まっていて、船を沖に引っ張っていく。

この流れに乗って九鬼嘉隆の関船に追いつき、船縁を寄せて鉄砲を撃ちかけた。九鬼水軍の小早船が必死の反撃に出たので嘉隆を討ち取ることはできなかったが、多大の戦果を挙げて凱旋《がいせん》したのである。

九鬼水軍が脱出した下市場城は、この日の戌《いぬ》の刻（午後八時）に落城し、前田利定以下大半が討ち取られた。

この戦に参陣していた松平家忠は、翌十九日の日記（『家忠日記』）に次のように記している。

〈昨日戌刻ニ下嶋城（下市場城）責崩《せめくずし》、敵討捕《うちとり》候。九鬼ハ舟にて落候を御本所様（信雄）大舟にてのりかけ、敵舟共《ども》とり、人数討捕候。瀧川（滝川）馬し（じ）るしもとり候、主《あるじ》（一益）ハかにへの城候〉

十九日の早朝、戦勝にわく大野城に酒井忠次が二千の兵をひきいてやってきた。

「これで全部か」

家康はいささか失望した。

「下市場城が落ちたと聞きましたので、倅家次《せがれいえつぐ》に一千の兵を預けて戸田の陣所に残し、蟹江城攻めの仕度をさせております」

「さようか。さすがに歴戦の強兵《つわもの》じゃ」

家康は再び軍議を開き、蟹江城攻めの持ち場を決めた。攻め口は南大手門、蟹江川に面した西口門、城の北東に開けた搦手門《からめて》である。

「南大手門には酒井忠次、本多忠勝、大須賀康高、榊原康政が当たれ。水野忠重らは知多水軍を使って軍勢を大手門まで渡せ。搦手門には酒井家次と下一色城を包囲している石川数正らを充てる」

西口門は引き続き佐久間、山口を先手とした信雄勢に受け持ってもらうことにした。

蟹江城は本丸、二の丸、三の丸を持ち、三重の水堀で守られている。三つの門とも馬出しと枡形《ますがた》を備えた厳重なものだが、三千の兵で守るには城地が広すぎた。

「攻撃開始は辰《たつ》の刻（午前八時）、それまでに持ち場について待機せよ。今日のうちに三の丸を落とし、本丸と二の丸に敵を封じ込める」

家康の指示に従い、諸将が勇んで持ち場に向かった。

家康は石川数正にあてて書状を書き、今日のうちに敵を本丸と二の丸に押し詰めるので、井楼《せいろう》と車竹束《くるまたけたば》（台車に銃眼を開けた竹束を並べたもの）の用意をしておけと命じた。

「敵の後詰めを待たれますか」

書役《かきやく》をつとめる康忠がたずねたが、家康は何も答えなかった。

辰の刻から始まった総攻撃は、家康の思惑通りに進んだ。

滝川一益は南大手門、前田長定は西口門に兵力を集中して迎え討ったが、四倍の敵に抗することはできなかった。

一益は前田勢を身方に引き入れて蟹江城を乗っ取ったものの、山口重政を身方にできずに大野城の掌握に失敗した。しかも下市場城も攻め落とされたために、配下の将兵に動揺が広がっていたのだった。

まず西口門を攻めた佐久間、山口勢が、平《ひら》三の丸と呼ばれる三の丸の西側に当たる部分を占領した。その混乱に付け込み、酒井家次らが搦手門を突破して三の丸の丑寅《うしとら》（北東）櫓を奪い取った。

このため三の丸の南大手門を守っていた滝川勢は、前後から攻められる窮地におちいり二の丸まで退却せざるを得なくなった。

この時一益の嫡男一忠《かずただ》は、配下の将兵が引き上げる間、南大手門に踏み止《とど》まって徳川勢を食い止めていた。それを見た水野勝成は、朱槍《しゆやり》を手に敵陣に飛び込んで一忠に勝負を挑んだ。

勝成は二十一歳、一忠は三十二歳である。かつては共に織田家に仕えた荒武者二人は、しばらくの間火花を散らして戦ったが、互いに手傷を負って引き分けたのだった。

狙い通り敵を本丸と二の丸に封じ込めた家康は、数正に用意させていた高さ十間（約十八メートル）ほどの井楼を平三の丸に組み上げ、城内を鉄砲や火矢の射程におさめながら監視できるようにした。

また二の丸の東西の門の前に車竹束をずらりと並べ、敵が打って出たなら正面と左右から銃撃できる態勢をとった。

こうして完全に封じ込め、秀吉が城を救うために後詰めに出てくるのを待つことにした。

翌二十日の早朝、服部半蔵が報告に来た。

「秀吉勢は竹ヶ鼻城に三万、大垣城に二万が待機しておりますが、動く気配はありません」

秀吉は一益に呼応して尾張に攻め込むつもりだったが、家康の対応が早かったので仕度が間に合わなかったのである。


家康は諸将を軍略図のまわりに集め、三度目の指示を出した。

「我らは敵を蟹江城に押し詰め、秀吉が後詰めに出てくるのを待っている。だが秀吉は腰が引け、大垣と竹ヶ鼻に兵を集めたまま様子をうかがっておる」

もはや動けまいと判断し、諸将を尾張の各所に配して次の展開にそなえさせた。

「井伊直政は一宮《いちのみや》に移り、敵が渡河にかかったなら水際で叩け。本多忠勝は清洲城にもどり、直政の後ろぞなえをせよ。酒井忠次らは小牧山城にもどって元の配置につけ」

蟹江城には五千、下一色城には三千ばかりを残して包囲させたが、城兵の力はすでに尽きているようだった。

六月二十一日、秀吉は大垣城を出て近江《おうみ》に引き上げた。尾張に付け入る隙はないと見たからだが、これは長久手につづく大敗を認めるも同じだった。

二十三日には下一色城の前田長種が降伏して城を明け渡し、前田利家を頼って落ちのびていった。前田一族が寝返ったのは、利家からの働きかけもあったからだろうが、あえなく失敗したのである。

二十八日になって滝川一益から下一色城に倣《なら》いたいとの申し入れがあった。仲介役をつとめたのは織田有楽斎長益と、一益の娘婿である滝川雄利《かつとし》だった。

雄利は信雄が北畠《きたばたけ》家を継いだ頃から従っていて、今では織田家の家老をつとめていた。

「方々《かたがた》にご異存がなければ」

家康は申し出を受けてもいいと思った。秀吉は竹ヶ鼻城の不破広綱を解放しているので、これに報いる措置を取りたかった。

だが信雄と佐久間正勝が強硬に反対した。一益はともかく、寝返った前田長定を許すわけにはいかないというのである。

「これを許せば家臣に示しがつき申さぬ。それに正勝は太股《ふともも》を鉄砲で撃たれ、歩けなくなるほどの重傷を負ったのでござる」

信雄は正勝や山口重政の気持ちを汲《く》んで一歩も引かなかった。そこで一益、長定とも協議し、長定の自刃《じじん》を条件に降伏を許すことにした。

七月二日、西口門の前にもうけた切腹の座で、敵、身方が見守る中で長定が腹を切った。

生き残った城兵二千ばかりは、長益と雄利が手配した船に乗り、それぞれの所領に引き上げたのだった。

秀吉の面目は丸潰《まるつぶ》れだった。

八万もの軍勢を動かしながら、半数にも満たない徳川、織田連合軍に手も足も出せないままである。その怒りの矛先は、計略に失敗した滝川一益に向けられた。

一益が蟹江城から落ち延びて来ても城に入れるなと、伊勢に出陣していた諸将に命じたのである。

そうとは知らぬ一益は、神戸《かんべ》城（三重県鈴鹿《すずか》市神戸本多《ほんだ》町《まち》）の富田《とみた》知信《とものぶ》を頼ったが、城門を開けてもらえず追い返された。

行き場を失った一益は、旧知の者を頼って越前《えちぜん》に逃れたが、やがて物乞いとなって野たれ死にしたと伝えられている。

尾張西部からの侵攻は無理と見た秀吉は、大垣城の軍勢二万を楽田城に急行させ、小牧山城を攻めさせた。

徳川勢の主力が蟹江城攻めのために出払っている隙を衝《つ》こうと考えたのだが、すでに家康は酒井忠次を帰城させて万全の態勢を取っている。

手もなく追い払われた羽柴勢は、城には新手《あらて》が詰めていると秀吉に報告した。

「おそらく北条勢が、援軍を送っているものと思われます」

家康は敵にも身方にも北条の援軍が来ると触れていたので、小牧山城の守りの堅さを見てそうに違いないと思い込んだのである。

「北条まで来ているなら、うかつに手は出せぬ」

秀吉は一転して慎重になったが、このことが後に北条家に対する憎悪の原因になったのだった。

九月二日、秀吉はひとまず和睦《わぼく》を申し入れた。ともかく戦闘を停止し、合意できる条件を話し合おうというのである。

そのことについて、松平家忠は次のように記している。

〈惣無事《そうぶじ》（戦闘停止）之沙汰《のさた》候〉（『家忠日記』）

それから五日間、両者の交渉がつづいた。

家康は重吉《しげよし》城（愛知県一宮《いちのみや》市丹陽《たんよう》町《ちょう》）で信雄と合流し、信雄を将軍として織田幕府を開くことを認めなければ和睦には応じないと申し合わせた。

「あの秀吉が、そんなことを認めましょうか」

信雄は自信がなさそうだった。

「認めるまで戦うのでござる。生半《なまなか》の態度では、秀吉に丸め込まれまするぞ」

家康はここが勝負所だと、強硬な態度を崩さなかった。

九月七日、富田知信が秀吉の使者としてやって来た。

落ち延びてきた滝川一益を追い返した剛の者で、秀吉の近習として重用されている。信長に仕えていた頃から信雄の家中の者とも親しくしているので、和議の使者を命じられたのだった。

「これ以上戦が長引けば、民をわずらわせるばかりでござる。程良いところで折り合いたいと、羽柴筑前守《ちくぜんのかみ》さまはおおせでござる」

「程良いところとは」

家康は相手の腹をさぐろうとした。

「筑前守さまは信長公のご遺志を継いで、新しい天下を築こうとしておられる。お二人がこれを認めてくださるなら、信雄さまには美濃、尾張、伊勢、伊賀を、三河守さまには現有の五ヶ国に加えて、しかるべき二ヶ国を領していただくとおおせでございます」

「秀吉どのの家来になれということか」

「これからは皆が力を合わせ、律令制《りつりょう》にのっとった新しい国を創っていかなければなりません。その時主君となられるのは帝《みかど》でござる。我らは帝に従い、臣民として政《まつりごと》をお助けするばかり。立場のちがいこそあれ、身分の上下などはありません」

「我らの主君は信雄さまじゃ。やがて帝に将軍宣下をしていただき、織田幕府を開かれる。秀吉どのには西の重鎮として幕府を支えていただきたい」

「織田家の跡継ぎは三法師《さんぼうし》さまと、清洲会議で決まっております る」

「何を申すか」

信雄がたまりかねて裏返った声をあげた。

「秀吉は信孝や柴田勝家と戦う時、余を織田家の跡目にすると認めたではないか」

「おおせの通りでございますが、信雄さまは信長公の一周忌の法要にも参列せず、安土《あづち》城からも退去なされて、自らその地位をお捨てになられております」

知信は用意してきた通りの口上を並べた。

一周忌の法要に出なかったのも、安土城から退去したのも、すべて秀吉の策略に落ちてのことである。だが見方によっては、そのように決めつけることもできるのだった。

家康は危ういと見て交渉を打ち切り、秀吉が織田幕府を認めない限り和睦には応じないと申し渡した。

〈無事のきれ（切れ）候て、茂吉《しげよし》（重吉）へ惣人数御《そうにんず》うつし候〉（『家忠日記』）

家忠はそう伝えている。

家康が清洲城の軍勢をすべて重吉城に移したのは、和議の交渉の間に秀吉が葉栗《はぐり》郡河田《こうだ》（岐阜県各務原《かかみがはら》市）に本陣を移し、尾張に攻め込む手筈をととのえていたからである。

楽田城、犬山《いぬやま》城に先陣二万、本陣には三万の精鋭部隊を配し、縦長の魚鱗《ぎょりん》の陣形で一気に家康の防御網を突き破る構えを取っていた。

和睦に応じなければ攻め滅ぼすぞと脅《おど》しをかけ、交渉を有利に運ぼうという秀吉一流の心理作戦である。

だが、家康は少しもひるまない。重吉城に本陣をおき、西の一宮城に井伊直政、東の岩倉《いわくら》城に本多忠勝、小牧山城に酒井忠次を配し、鶴翼《かくよく》の陣形を取って迎え討つことにした。

鶴翼の陣形とは鶴が翼を広げたような形に敵を包み込もうとするもので、普通は大軍が少数の敵に対して用いる戦法である。

ところが家康は五万の秀吉勢を前にして、二万余の兵で翼を広げてみせたのだった。

むろんこれには理由がある。鶴翼の陣といっても城に籠もっているので、二万余の兵でも五万の敵と互角に戦える。

それに秀吉は、家康が四国の長宗我部や紀州の惣国一揆、越中の佐々成政《なりまさ》らを身方にして築き上げた包囲網の脅威にさらされ、あわてて和議を申し込んできたのである。

これ以上長期の対陣をすることも、城攻めにかかって兵力を消耗することもできないと、家康は読みきっていた。

（さあ来い。寝返り者）

家康は赫々《かくかく》たる闘志を秘めて、木曽川の向こうの秀吉が布陣するあたりを見やった。

こうなったからには、秀吉としては全軍を投入して小牧山城を攻め落とすしか策はない。五万のうち三万を城攻めに、残る二万を後詰めに当たらせれば、家康勢には小牧山を救うことはできないはずである。

ところが秀吉にはその決断ができなかった。家康勢の強さを目の当たりにして、配下の将兵がすくみ上がっていたからだ。それにこの時点でも、北条勢が救援に来ているという思い込みがあった。

（どこかに兵を伏せて、我らの背後を衝かせるつもりだぎゃあ）

その手に乗るかと、秀吉は忍びを放って敵の陣容をさぐらせようとした。

だが家康も服部半蔵に万全の態勢を取らせていて、秀吉方の忍びは一人たりとも生きて返さなかったのだった。

「申し上げます。今朝、秀吉が河田の本陣を引き払って岐阜城に向かいました」

服部半蔵の配下が伝えたのは、九月十八日の午後だった。

「ご苦労。引きつづき秀吉の動きを見張れ。美濃から兵を引くかもしれぬ」

家康はさっそく各方面に書状を送り、秀吉が和議を申し入れてきたことや、木曽川で対陣したものの手も足も出せずに退却したことを伝えた。

「実戦においては、秀吉の力などこの程度のものだ」

そう宣伝することで、去就《きょしゅう》に迷っている者たちを身方にしようとしたのだった。

岐阜城の秀吉に動きはない。それを見極めた家康は、九月二十七日に清洲城まで兵を引いた。信雄も五千の兵をひきいて伊勢長島城まで引き上げた。

「殿、ご油断めさるなよ」

清洲城の留守役をつとめていた本多弥八郎正信が渋い顔で迎えた。

「何かあるか。気がかりが」

「秀吉は面目を潰されたままで引き下がる男ではござらぬ。狡猾で自尊心が強くて執念深い。思わぬ所から反撃して来ますぞ」

「ならばそちの配下にも、動きをさぐらせてくれ」

正信は長年大坂本願寺の参謀をつとめていたので、一向一揆の中にも独自の情報網を持っていた。

第二章

和議

秀吉《ひでよし》が動いたのは十月に入ってからだった。三万の兵をひきいて近江《おうみ》の坂本《さかもと》城まで退却したのである。

まだ楽田《がくでん》城方面や竹ヶ鼻《たけがはな》城には四万ちかい兵を残しているが、もはや戦を挑んでくるおそれはなかった。

家康《いえやす》はこの機会に浜松《はままつ》城にもどることにした。三月に出陣して以来半年以上も離れているので、領国《りょうごく》の仕置きも気にかかる。それに北条《ほうじょう》家との同盟を強固にして、秀吉との決戦に備えなければならなかった。

家康は小牧山《こまきやま》城に行き、あたりを巡視した後で諸将にこの先の手配を命じた。

「小牧山城の守りは榊原康政《さかきばらやすまさ》に任せるゆえ、酒井忠次《さかいただつぐ》はわしと共に清洲《きよす》城に移って留守役をつとめてくれ。菅沼定盈《すがぬまさだみつ》と松平家忠《まつだいらいえただ》は小幡《おばた》城を守れ。それから数正《かずまさ》」

「ははっ」

石川《いしかわ》数正が姿勢を正して命令を待った。

「数正には東美濃《みの》の調略を頼む。遠山《とおやま》一族の者たちがすでに旧領に入り、木曽義昌《きそよしまさ》や森長可《もりながよし》らの城を攻めている。深志《ふかし》城（松本《まつもと》城）の小笠原貞慶《おがさわらさだよし》とも連絡をとって、東美濃を押さえよ」

木曽義昌は犬山《いぬやま》城に出陣中だし、森長可は長久手《ながくて》の戦いで討死して家臣の大半を失っている。遠山氏を岩村《いわむら》城に復帰させ、東美濃を取り戻す絶好の機会だった。

各方面の手配を終え、家康は十月十七日に一千余の馬廻り衆をひきいて清洲城を発った。

庄内《しょうない》川を船で下り、伊勢《いせ》湾を渡って大高《おおだか》城の舟入りに乗り付けた。そこから思い出深い桶狭間《おけはざま》の道をたどり、岡崎《おかざき》城へ向かった。

桶狭間の戦いからもう二十四年もたつ。十九歳だった家康は命からがらこの道を敗走し、大樹寺《だいじゅじ》に駆け込んで先祖累代の墓の前で腹を切ろうとした。

その時、登誉《とうよ》上人に破鐘《われがね》のような声で怒鳴られたのである。

「ここで死んだと胆《はら》をすえて、一歩でも半歩でも理想に近付く努力をしたらどうだ」

その言葉を聞いて、家康ははっと目が覚めた。そして自分は幼い頃からずっと、誰もが幸せに暮らせる戦のない世になることを願っていたと気付いた。

（しかしそれは叶《かな》わぬ夢だ）

独りで決めつけていた家康に、上人は「厭離穢土《おんりえど》、欣求浄土《ごんぐじょうど》」と墨書した旗を与えた。この世を穢土と観じ、少しでも浄土に近付ける努力をせよという意味だった。

以来家康はその目標に向かって愚直に歩いてきた。

どうしたら戦をなくし、民が幸せに暮らし、浄土のようだと感じられる国を造ることができるのか。上人の教えを大書した本陣旗をかかげて戦いつづけてきたが、道程《みちのり》はまだまだ遠いようだった。

晩秋の浜名湖《はまなこ》を船で渡ると、はるか遠くに富士山が見えた。

鮮やかに紅葉した森の向こうに、白く雪をかぶった富士が秀麗な山頂を見せている。空は青々と澄んで、稜線《りょうせん》をくっきりと浮き上がらせている。

家康はしばらく馬を止め、わき上がる感動に鳥肌立つ思いをしていた。この気高さと美しさ、そして何物にも動じない強さ。

(たとえ道は遠くとも、わしはお前を見守っておる)

神宿る山がそう言ってくれているようで、不覚にも涙がこみ上げてきたのだった。

一行が浜松城に着いたのは、十月二十四日の夕方だった。

大手門には留守役たちと家族が列をなして迎えている。相次ぐ勝利の報はすでに伝わっているので、誰もが晴れやかな顔をしていた。

その日は留守役の主立った者たちを集め、尾張《おわり》での戦の詳細を伝え、領国の様子を確かめた。

家康が半年も本拠地を留守にするのは、絶えてないことである。それでも信濃《しなの》の真田昌幸《さなだまさゆき》との争い以外は大きな問題もなく、領国経営は順調に進んでいた。

翌日には家族で内々に戦勝を祝った。家康の面前で左右に居並んだのは、四人の側室とそれぞれの子供たちだった。

従妹《いとこ》でもあるお万《まん》の方《かた》と次男の於義丸《おぎまる》（後の結城秀康《ゆうきひでやす》十一歳）。お愛《あい》の方と三男の長松丸《ちょうまつまる》（後の秀忠《ひでただ》六歳）、四男の福松丸《ふくまつまる》（後の忠吉《ただよし》五歳）。

下山《しもやま》の方と三女振姫《ふり》（五歳）、昨年生まれたばかりの五男万千代丸《まんちよまる》（後の武田信吉《たけだのぶよし》）。それに督姫《とく》を北条氏直《うじなお》に嫁がせ、一人になった西郡《にしごおり》の方である。

側室たちの教育係は家康の母於大《おだい》の方が務めていて、互いにいがみ合うこともなく収まっている。お万は可愛《かわい》い姪《めい》だし、他の三人は実家の権勢が弱いので、それぞれに分をわきまえているのだった。

この日の料理も於大が指図して作らせたもので、栗《くり》ごはんと秋刀魚《さんま》の焼き物、それに八丁味噌《はっちょうみそ》でこしらえた茸《きのこ》の味噌汁だった。

「この栗は三方ヶ原《みかたがはら》で採れたものです。あのあたりは日当たりといい土の質といい、栗の生育に向いているのです」

於大の方が手ずから栗ごはんをよそってくれた。

「確かに粒が大きいですね」

家康は箸でひと粒つまんでみた。ホクホクとした歯応えと上品な甘みがあった。

「おいしいでしょう。こんな栗はめったに食べられませんよ」

「ええ。母上が炊いて下さったお陰です」

「料理は何と言っても材料です。これはあなたに食べてもらおうと、於義丸が馬を飛ばして採りに行ったのですよ」

「ほう。三方ヶ原の道を駆けたか」

家康は於義丸に目を向けた。

背丈はそろそろ大人並みで、肩幅も広く胸も厚くなりかけていた。

「はい。遠乗りにちょうどいい距離ですから」

「三方ヶ原のどのあたりまで行った」

「追分《おいわけ》までです。栗林はそのあたりですから」

「すると他の場所にも行くのか」

「もう何回となく駆けましたが……」

於義丸は切れ長の目を困ったように伏せた。何か気に障ることを言ったのではないかと心配になったらしい。

「都田川《みやこだ》までどれくらいかかる」

「急げば四半刻《しはんとき》（約三十分）です」

「ほう、それは」

家康は言葉に詰まった。距離はおよそ四里（約十六キロ）。それを四半刻で駆ける者は家中にも数えるほどしかいなかった。

「申し訳ございません。於義丸は三方ヶ原の戦のことを知りたいと、近頃はよく出かけているのでございます」

お万が息子の気まずさを救ってやろうと口を出した。

「詫《わ》びることはない。立派な心掛けだ」

「そうですよ。於義丸ほど鍛練《たんれん》を積んでいる者はいません。乗馬ばかりか弓も槍も、大人顔負けの腕前ですから」

於大がすかさず後押しをした。

弓の一撃で猪《いのしし》を仕止めたところは、家康も見たことがある。弓勢《ゆんぜい》も狙いの確かさも凄《すさ》まじかったが、どうしたわけかそれを手放しで喜ぶ気にはなれなかった。

夕方になって伊勢桑名《くわな》城にいる水野《みずの》忠重《ただしげ》から急使が来た。

「去る二十一日、秀吉勢五万が鈴鹿《すずか》峠をこえて、亀山《かめやま》城、神戸《かんべ》城に入りました」

それを知らせるために早船を仕立て、四日で着いたのだった。

「秀吉も出陣か」

「千成《せんな》り瓢簞《びょうたん》の馬標《うまじるし》を立てております。このままでは伊勢は総崩れになり、桑名城まで押し詰められるは必定《ひつじょう》でございます」

「分かった。尾張の配下を早急に後詰めに向かわせる。わしも来月早々に清洲にもどると、忠重どのと信雄《のぶかつ》さまに伝えよ」

秀吉がいったん近江の坂本城まで引いたのは、家康を油断させて隙をつくるためだったのである。そうしたこともありうると考えてはいたが、自ら五万もの大軍をひきいて伊勢に攻め入るとは予想していなかった。

「康忠《やすただ》、岡崎の平岩親吉《ひらいわちかよし》に急使をつかわし、三千の兵をひきいて清洲に向かうように伝えよ。それから北条氏規《うじのり》どのに、駿府《すんぷ》までご足労いただくように使者を送れ」

近習《きんじゆ》の松平康忠に矢継ぎ早に命じた。

翌日の午後、家康は駿府城で北条美濃守《みののかみ》氏規と対面した。

「三河守どの、尾張での勝ち戦、まことにおめでとうございます」

氏規が祝いの太刀《たち》を差し出した。

小田原相州《おだわらそうしゆう》と呼ばれる北条家累代の銘刀だった。

「かたじけない。長久手と蟹江《かにえ》城では存分に敵を叩《たた》き申したが、秀吉は銭と兵を潤沢に持っておりまする。五万の軍勢をひきいて、再び伊勢に出てきたとの報がとどきました」

「五万、でござるか」

「さよう。美濃に残した兵と合わせれば、八万になりまする」

「それで、お身方《みかた》は」

「当家が一万五千、織田《おだ》信雄さまは二万ばかりでござる」

兵力だけから言えば圧倒的に不利である。だが木曽川を外堀とし、尾張を城として戦えば互角に渡り合える。家康の自信にゆらぎはなかった。

「それがしも来月早々に出陣いたします。それゆえこたびは、北条家から是非とも援軍を出していただきたい」

「承知いたしました。いつでも援軍を送れるように、伊豆《いず》の水軍に仕度を命じてはおりますが」

殿と大殿がなかなか決断をしてくださらないと、氏規が苦渋の表情を浮かべた。

「沼田《ぬまた》城に籠もった真田昌幸が勢いを増しておりましてな。越後《えちご》の上杉《うえすぎ》と常陸《ひたち》の佐竹《たけ》が背後で支援しておりますゆえ、当家としても上野《こうずけ》から兵を引きかねておるのでござる」

「その件は当家の不手際ゆえと、申し訳なく思っております」

家康には弱みがあった。北条と和議を結んだ時、上野一国は北条領にすると認めた。

ところがそれより前に沼田城は真田昌幸に与えると約束していたので、昌幸は引き渡しを拒否して独自に北条家と戦いつづけていた。

そんな時に家康と秀吉の戦いが始まったために、昌幸は上杉景勝《かげかつ》を通じて秀吉と結びつき、徳川《とくがわ》、北条両家に真っ向から戦いを挑んでいるのだった。

「されど秀吉さえ叩けば、真田の動きもおのずと下火になりましょう。船は当家からも出しますゆえ、何とぞお力添えをいただきたい」

家康は出陣の費用として金一万両（約八億円）の手形を用意していた。甲州《こうしゅう》の金山から調達したものだった。

「お心遣いはかたじけないが、これを受け取るわけには参りませぬ」

氏規はまなじりを決して手形を押し返した。

費用を惜しんで出陣を渋っていると思われるのは心外だと、困惑した表情が語っていた。

「美濃守どの、それがしにはどうしても秀吉を討ち果たさなければならない理由がござる」

「存じております。信長《のぶなが》公の仇討《あだう》ちだとお聞きしました」

「それゆえ不退転の決意で兵を出しております。事の成否は、北条家のご助力を得られるかどうかにかかっております。ご迷惑とは存ずるが、この家康を助けると思って受け取っていただきたい」

貴殿とは駿府で人質になっていた頃からの友垣《ともがき》ゆえ、こうしてお願いするのだ。

家康はそう言って氏規の手を取り、拝むようにして手形を握らせた。

「ならば……、お預かりいたす。これからさっそく小田原に向かい、殿や大殿と談判して参りましょう」

氏規にとって殿の氏直は甥《おい》、大殿の氏政《うじまさ》は兄に当たる。だが伊豆の韮山《にらやま》城に配されて久しいので、二人とは意思の疎通がうまくいっていないのだった。

十一月三日、家康は馬廻り衆一千をひきいて再び清洲城に向かうことにした。

出発の直前、於大の方が竹の籠《かご》を持って訪ねてきた。青竹で編んだ籠に勝ち栗をぎっしりと詰め、紅葉の枝でおおってあった。

「道中食べられるように勝ち栗にしました。ひとつ味見してごらんなさい」

炒《い》って殻を剝《む》いた栗は、甘みが強くて香ばしかった。これも於義丸が三方ヶ原から採ってきたようで、粒がひときわ大きかった。

「どうです。おいしいでしょう」

「ええ、ありがとうございます」

「戦の縁起物ですからね。たくさん食べて下さい。伊勢では苦戦を強いられているようですね」

「…………」

「忠重の使者が、私にも文を届けてくれました。むろん時候の挨拶しか記していませんが、弟ですからね。何となく分かるのです」

「ご心配は無用です。我らは勝ちつづけています」

「そのような慢心が、災いの元ですよ」

於大が姿勢を正し、いつもの説教口調になった。

「秀吉から和議を申し入れてきたのに、あなたは断ったそうですね」

「お聞きの通りです」

「向こうが折れているのに、なぜ意地を張るのですか」

「秀吉は我らばかりか織田信雄さままで臣従させようとしています。これを認めるわけにはいかないのです」

政《まつりごと》や戦について母者人《ははじゃひと》と話したくはないが、答えないわけにもいかなかった。

「秀吉は将軍になろうとしているのですか」

「帝《みかど》を中心とした国を築き、皆で補佐するそうです」

「ならば結構なことではありませんか。この国は帝に治めていただくのが一番いいのです」

「母上には想像もできないほど、秀吉は狡猾《こうかつ》な男です。隙を見せればすぐに付け込んできます」

「あなたはまだ信長公に忠義立てしているのですか」

於大が黒く塗った歯で、つまらなそうに勝ち栗を嚙《か》み割った。

「そういう訳ではありません」

「ではどうして、そんなに秀吉に腹を立てているのですか」

「これは大義の問題です。腹を立てているとか憎んでいるということではありません」

「きれい事で自分の気持ちを誤魔化すのは、殿方の悪い癖です。腹が立つなら腹が立つと、正直に認めればいいのではありませんか」

「もしそうだとしたら、何だというのですか」

「堪忍は無事長久のもと、怒りは敵と思えと言います。あなたの肩に一族の明日がかかっているのですから、くれぐれも短慮は禁物ですよ」

辰《たつ》の刻（午前八時）過ぎに、家康の一行は浜松城を出発した。

この日は浜名湖をこえて吉田城《よしだ》（愛知県豊橋市《とよはし》）に泊まり、翌日には岡崎城まで足を延ばした。

幸い天気に恵まれ、行軍は順調である。家康は腰の胴乱《どうらん》に入れた勝ち栗を時折かじりながら、於大の言葉を思い出していた。

あんな人だとは、桶狭間の戦いの直前に再会した時から分かっていた。二歳で生き別れになって以来、十七年ぶりに会ったというのに、優しい言葉をかけてくれるどころか、

「あなたを見ていると、今川家《いまがわ》に屈して私を離縁した広忠《ひろただ》さまを思い出して腹が立つ」

そう言ってのけたのだった。

家康は信長と同盟を結んで三河《みかわ》一国の支配を安定させると、於大の方と義父の久松俊勝《ひさまつとしかつ》を岡崎城に引き取った。

それでも於大の態度は変わらなかった。家康の気持ちなどお構いなしに思った通りのことを言い、悪いのはそっちだと決めつけてすましている。

家康も近頃では、そんな性格だから仕方がないと折り合いをつけることにしてい

たが、昨日のことだけは受け流せないまま不快を引きずっていた。

それは図星を指されたからかもしれなかった。家康はこれまで、秀吉が信長や織田家を裏切ったことを謝罪し、信雄をもり立てない限り、許す訳にはいかないと考えていた。

しかしそれは於大が言う通り「殿方らしいきれい事」で、本当は秀吉のやり口の鮮やかさに脅威を感じていただけかもしれない。

何をするか分からないという不安が秀吉への反感となり、忠義や信義に反すると決めつけていただけではないか。

「あの者は武士ではない」

だから恥も外聞もなく、好き勝手をするのだ。家康は秀吉をそう評したことがある。

(しかし、それでは……)

家康は勝ち栗を口にほうり込み、バリバリと嚙みくだいた。

秀吉をそんな尺度で測っているうちは、受け身になるだけである。正しいのはこちらだという自尊心から抜け出せないまま、付け入られるばかりだろう。

たとえば公家《くげ》が商人をさげすみ、「あの者たちは、銭のことしか頭にないのでおじゃる」などと虚勢をはっているうちに、家も土地も借金のかたに取り上げられるようなものだ。

（それでは、どうとらえればいいのか）

家康はもうひとつ栗をほうり込み、はたと思い当たった。秀吉のやり口と言い分は、於大にそっくりではないか……。

すべてが自分中心である。望むものを手に入れ、思う通りに人を動かさずにはいられない。そのためにはどんな手を使っても恥じることはないし、そもそも恥じる必要があると考えたこともない。

（なるほど、そうかもしれぬ）

秀吉は於大なのだ。独善的な女人《にょにん》のように、我欲と執着を満たすことしか眼中にない凄腕《すごうで》の才子なのである。

そう思うと何かが腑《ふ》に落ち、得体の知れない秀吉の影から解き放たれる気がした。

家康の一行が清洲城に着いたのは十一月九日のことだった。

留守役に任じた酒井忠次は、三千の兵をひきいて伊勢長島《ながしま》に出向いている。城に残っているのは、本多《ほんだ》正信《まさのぶ》以下五百人ほどだった。

「桑名城が包囲されたようだな」

その知らせは、昨日のうちに水野忠重の使者が伝えていた。

「総勢五万、蟻《あり》がはい出る隙間もないほどでござる。あきれ果てたる悠長な戦ぶりじゃ」

正信は落ち着き払っていた。

「城攻めにかかる様子はないということか」

「どうやら狙いは信雄さまのようでござる。桑名城を攻め落とされたくなければ、和議に応じよと脅しているのでござろう」

「それで、信雄さまは」

「使者を送りましたが、返答がありません。もう半分くらいは茹《ゆ》で上がっているのでござろう」

正信がいかつい顔に皮肉な笑みを浮かべた。

「何じゃ。茹で上がるとは」

「ご存じありませんか。水を張った鍋に蛙《かえる》を入れ、少しずつ熱を加えていくと、蛙は殺されているとも気付かずに茹で上がるのでござる」

「ならばそちが伊勢長島城に行って、信雄さまの目を覚ましてきてくれ」

翌日、正信は二百の手勢をひきいて伊勢長島城に行ったが、城門を開けてもらえなかった。

「それがしは殿の名代《みようだい》として、信雄さまに対面を求めておる。会わぬのは身方と思っておられぬからだと見受けたが、よろしいかな」

正信が鉄砲隊を先に立てて凄んでみせると、組頭らしい者が信雄は桑名城に出向いているので、誰も入れてはならぬと命じられているると告げたのだった。

「話にもなり申さぬ。どうやら本当に茹で上げられたようでござる」

正信は清洲城にもどるなり腹立たしげに吐き捨てた。

「忠次にも会えなかったか」

「三の丸の守りについておられるようで、取り次いでもくれませぬ」

「それは捨ておけぬな」

正信の報告を、家康は自分でも意外なほど冷静に受け止めていた。

状況は深刻である。だが、これこそ独善的女人らしい姑息《こそく》なやり口ではないかと、秀吉の策士ぶりを笑う余裕さえあった。

翌十一日、家康は伊勢長島城にいる酒井忠次にあてて使者を送ることにした。これを信雄の家中の者が妨害するようなら、もはやこれまでである。場合によっては三千の兵を引き上げる腹づもりをしていた。

ところがそれから間もなく、当の忠次が飯田半兵衛《いいだはんべえ》を従えて清洲城にもどって来た。

「殿、半兵衛どのが殿の前で腹を切って詫びたいとおおせられるゆえ、ご案内いたしました」

色々縅《いろいろおどし》の鎧《よろい》をまとった忠次は、戦場の殺気をただよわせていた。

「まことに面目のないことでござるが、信雄さまは羽柴筑前守《はしばちくぜんのかみ》どのと和議を結ぶことになされ申した。かくなる上はこの半兵衛、いかようなる責めも受ける覚悟でございます」

半兵衛は兜《かぶと》を脱ぎ、白髪頭をさらして平伏した。

「和議の条件は」

家康は静かな口調でたずねた。

「尾張と美濃、北伊勢の領有と、信雄さまを織田家の棟梁《とうりょう》と認めることでござる」

「九月の時より、だいぶん条件が悪くなったようではないか」

「恐れながら、筑前守どのは信雄さまを内大臣とし、帝の政を補佐していただくとおおせでござる。ならば信雄さまの体面も保てるゆえ、これ以上戦をつづけて家臣、領民に苦労をかけるべきではないとご判断なされたのでござる」

「それでは、当家の立場はどうなりましょうか」

「三河守どのが兵を挙げて下されたのは、織田家を守ろうとしてのことでござる。筑前守どのもそのことは承知しておられ申す。信雄さまとの和議が成ったなら、三河守どのに遺恨を持つ筋合いはないとおおせでござる」

「信雄さまは昨日から桑名に出向き、秀吉と対面して和議の合意をなされました。それゆえ我らの手勢も引き上げるよう命じられ、やむなく従ったのでござる」

忠次が無念そうに報告した。

「分かった。これから皆を集めて今後のことを話し合うゆえ、半兵衛どのには伊勢長島におもどりいただきたい」

「お、お許し下さるのでござるか」

「許すも何も、それが信雄さまのご決断であれば致し方ござるまい。和議の成就をお祝い申し上げるとお伝え下され」

翌日、家康は重臣たちを清洲城に集めて今後の対応を話し合った。

集まったのは本多正信、酒井忠次、石川数正、本多忠勝《ただかつ》、榊原康政、松平家忠ら十数人である。

「皆もすでに聞いたであろうが、昨日信雄さまは秀吉と和を結ばれた。そのいきさつについては、忠次から話してくれ」

家康にうながされ、忠次が和議に至ったいきさつを語った。

信雄は伊勢半国と伊賀《いが》を秀吉に奪われながらも、織田家の棟梁の地位を保証し、将来内大臣にするという約束を得て、秀吉に屈したのである。

「信雄さまには筑前守どのを相手にする力量などございませぬ。殿が浜松に帰られたゆえ、心細くなられたのでござろう」

初めから秀吉と協調するよう進言していた数正は、それ見たことかと言いたげだった。

「されど内大臣とは解《げ》せませぬ。筑前守どのにそんな約束をする権限があるのでしょうか」

康政がいぶかった。

「さようでござる。それでは筑前守どのは信雄さまの下位に立たれることになりまする」

家忠は教養人だけに、朝廷の位階にも詳しかった。

「そのような約束など当てにはならぬ。もし本気で内大臣にするつもりなら、秀吉は関白か太政大臣《だいじょう》になるということであろう」

正信が秀吉への反感をあらわにした。

秀吉のやり方は卑怯《ひきょう》だと言う者もいれば、信雄の弱腰に憤慨する者もいる。だが口とはうらはらに、戦が終わって国に帰れることにほっとしている者が多かった。

「して、殿はいかがお考えでござるか」

忠次が頃合いを見計らって水を向けた。

「かくなる上は兵を引くしかあるまい。そこで数正に頼みがある」

「ははっ。何なりと」

「筑前守どのの陣所を訪ね、和議の祝いを届けてくれ」

「承知いたしました。殿はこの先どうなされるかと問われたなら、何と答えましょうか」

数正は役目の意味をはっきりと分かっていた。

「それは浜松にもどってから、改めて話し合いたいと伝えてくれ。諸国の身方に了解を得なければならないこともあるのでな」

とりあえず退却の安全を確保し、その後でどうするか決めるつもりだった。

家康の一行は十一月十六日に岡崎城に着いた。翌日には諸将を集めて解陣を告げ、各自所領にもどって英気を養うように申し付けた。

家康も次の日には浜松城に向かうつもりだったが、その日の夕方に西尾《にしお》城主の酒井重忠《しげただ》から急使が来た。

「土佐《とさ》の長宗我部元親《ちょうそかべもとちか》どのから早船が着きました。このたびの和議について、お願い申し上げたき儀があるとのことでございます」

元親の使者はすぐに家康に会いたいと言っているが、重忠が西尾城にとどめているという。

「用件は聞いたか」

「たずねましたが、殿に会って直《じか》に申し上げるとのことでございます」

「使者の名は」

「江《え》村《むら》孫《まご》左《ざ》衛《え》門《もん》どのと申されます」

「存じておるか」

家康は長宗我部家との交渉役をつとめた本多正信に確かめた。

「元親どのの近習でござる。紀州鷺森《きしゆうさぎのもり》におられた本願寺顕如《けんによ》どのに使いし、紀州惣《そう》国一揆《こくいつき》を動かすのに力を尽くしました」

「さようか。ならば和議には反対であろうな」

「ここで殿が手を引かれれば、長宗我部家は秀吉の標的にされましょう」

だから共に戦ってくれと懇願に来たのだろうと、正信は冷静に読んでいた。

「仕方があるまい。明日わしが西尾に行って話をしよう」

翌日、家康は鷹狩《たかが》りをすると口実を構えて西尾城へ行った。

秀吉は隠密を放ってこちらの動きに目を光らせているにちがいない。元親の使者に会ったことを知られるわけにはいかなかった。

江村孫左衛門は浅黒く潮焼けした三十がらみの男だった。南国風の濃い眉と気迫に満ちた金壺眼《かなつぼまなこ》をしていた。

「拝顔の栄に浴し、恐悦至極に存じます。主《あるじ》よりの書状、ご披見下されませ」

差し出した元親の書状には、和議の報に接して驚いていることと、ここで兵を引けば各個撃破されるだけなので、約定《やくじょう》の通り築城中の大坂城を攻めて秀吉を討ち果たすべきだと記されていた。

「我らはすでに二万の兵と一千艘《そう》の船を集めて淡路《あわじ》、和泉《いずみ》に侵攻する仕度をととのえております。これに紀州の惣国一揆と三河守さまの軍勢が加われば、必ず秀吉を討つことができましょう」

「わしも秀吉を討ち果たせると思っておった」

家康は苦い思いを押し殺して返答した。

「そう信じていたからこそ、元親どのに共に立っていただきたいとお願いしたのじゃ。ところが張本人の信雄さまが、秀吉に取り込まれて和議を結ばれた。これでは尾張、美濃を抜けて大坂まで行くことはできぬ」

「織田家の中にも、和議には反対だという方々が大勢おられましょう。三河守さまが秀吉打倒の旗をかかげて進軍なされば、踏み通ることはたやすいものと存じます」

「たとえそうだとしても、我らには大義名分がないのだ。織田家の天下を守るという旗を、やすやすと奪われてしもうた」

「それでは当家は、どうなりましょうか」

孫左衛門が平伏した姿勢のまま、顔だけを上げて必死の形相で家康を見据えた。

「三河守さまの領国は畿内からも隔たっておりますゆえ、秀吉に攻められるおそれはございますまい。されど当家は畿内にも近く、海に囲まれているゆえ逃げる場所とてございません。秀吉はやがて態勢をととのえ、見せしめのように四国に攻め込んで参りましょう」

「そのようなことにならぬよう、わしも手を尽くすつもりじゃ」

「恐れながら、どのような手を尽くしていただけましょうか」

「信雄さまは秀吉の軍門に降《くだ》られたが、わしはまだ和議を結んだわけではない。これからの交渉で、総赦免《そうしゃめん》を勝ち取ることができるかもしれぬ」

総赦免とは家康と同盟しているすべての者の責任を問わないということだった。

「ならばお約束いただきたい。総赦免でなければ和議には応じぬと」

「江村どの、控えられよ」

酒井重忠が孫左衛門をたしなめようと声を荒らげたが、家康は身ぶりでそれを制した。

「元親どののご懸念は、わしも重々承知しておる。確約はできぬが、身方をしていただいた方々の安全を図れるように、精一杯の努力をする所存じゃ。元親どのにそのように伝えてもらいたい」

これは家康にとっても頭の痛い問題である。善後策を講じるためになお数日西尾城にとどまり、十一月二十一日に浜松城へもどった。


すると翌日、まるで後を尾《つ》けていたように秀吉の使者がやって来た。

秀吉の使者は富田知信《とみたとものぶ》と滝川雄利《たきがわかつとし》だった。

知信は伊勢神戸城の城主で、九月にも和議の使者として小牧山城にやって来た切れ者である。

雄利は滝川一益《かずます》の娘婿で、織田信雄の家老をつとめているが、一益が蟹江城乗っ取りを目論んだ頃から秀吉に通じていたらしい。信雄を籠絡《ろうらく》するに当たってもひと働きし、秀吉の覚えがめでたいようだった。

家康は二人を富士《ふじ》見櫓《みやぐら》の茶室に案内し、自ら茶を点《た》ててもてなした。同席したのは本多正信だけで、明かりが差し込む程度にしか窓を開けていなかった。

「先日は石川伯耆守《ほうきのかみ》どのを和議の祝いにつかわしていただき、かたじけのうございました。これは主秀吉からの返礼でございます」

知信が点前畳《てまえだたみ》に向かって封書を差し出したが、家康は濃茶《こいちゃ》を練るのに忙しい。代わりに正信が中を改めた。

「何と。過分な返礼でござる」

銀五百貫（約八億円）の手形だと、家康に示してみせた。

「そのような品、いただく謂《いわ》れはない」

家康は柄杓《ひしやく》で湯を汲《く》み、茶筅《ちやせん》を伝わせて茶碗に注ぎ込んだ。濃茶の良し悪しは湯の量で決まるので、ひときわ慎重になっていた。

「信雄さまと楯矛《たてほこ》に及んだゆえ、三河守さまにまでご足労をいただくことになった。その費《つい》えを弁償させていただきたいと、主は申しております」

「ならばそれでは足りぬと、羽柴どのに伝えてくれ」

「いかほどなら、足りましょうか」

「分からぬ。諸将に確かめなければ」

湯の量はぴたりと決まった。後は茶筅をこねるように使って練り上げるだけだった。

「ならば手付けとして納めて下され。主は何としてでも和議に応じていただきたいと望んでおります」

「わしも程良いところで折り合いをつけたいと思っておるゆえ、二人には尽力を頼みたい。それゆえ銭を受け取るわけにはゆかぬ」

家康は大ぶりの茶碗に点てた茶に袱紗《ふくさ》を添え、正客《しょうきゃく》の知信に差し出した。

「頂戴いたします」

知信は端正な所作で茶をすすり、呑《の》み口を懐紙で拭き上げて雄利に回した。

「お相伴を」

武辺者の雄利は、危なっかしい手付きで袱紗に包んだ茶碗を受け取った。

濃茶は一碗を皆で回し飲み、一座建立《いちざこんりゅう》を誓うものである。互いに身分や立場を離れ、一個の人間として向き合う場でもあった。

　滝川雄利は髭《ひげ》におおわれた厚い唇で茶をすすり、懐紙で拭き上げて正信に回した。

「信雄さまを茹で上げたお二人と同席させていただくとは、恐悦至極でござる」

　正信は当てつけがましい嫌味を言って茶をすすったが、とろりと練り上げた茶は底にへばりついて飲み干すことができなかった。

「絶妙の練り加減でござるな。ご無礼とは存ずるが」

　二人の客に断ると、人さし指で茶をすくってぺろりとなめた。

「行儀の悪いことを」

　家康は苦笑しながら茶碗を引き、窓を開け放つように正信に申し付けた。

　薄暗い茶室がとたんに明るくなり、窓の外には遠江《とおとうみ》から駿河《するが》へつづく景色が広がっていた。天竜川《てんりゅう》が満々たる水をたたえて海にそそぎ、冬枯れの大地の彼方《かなた》に雪をいただいた富士山が見えた。

「見事なながめでございますな。さすがに遠江は富士が近い」

　富田知信が家康の趣向に素直に応じた。どんな時にも自然体でいられる、なかなか手強《てごわ》い相手だった。

「して、羽柴どのはどうお考えかな」

家康は湯を注いで茶碗を洗い、和議の条件をたずねた。

「現有の五ヶ国はこれまで通り。そのかわりに和議の証人を預からせていただきたい」

「ふむ、それで」

「三河守さまを従三位《じゆさんみ》に推挙し、参議になっていただく。それゆえ帝の政を支えてもらいたいと、主は申しております」

「正信、この儀はいかがじゃ」

「有り難いおおせと存じます。しかし羽柴筑前守どのは、どうしてそのようなことを決める権限を持っておられるのでござろうか」

「帝から内々のご沙汰がございました。やがてしかるべき地位を与えるゆえ、天壌《てんじよう》無窮《むきゆう》の皇運を扶翼《ふよく》してほしいと」

そこで勅命をはたすべく、主はひそかに有為の人材をつのっているのだ。知信は平然とそう言った。

「なるほど。そういえば筑前守どのは、帝のご落胤《らくいん》であられるそうでござるな」

正信が素知らぬふりで秀吉のやり口をからかった。

富田知信は聞こえなかったふりをして正信を無視し、家康に話を向けた。

「三河守さま、この条件で和議に応じていただけませぬか」

「信雄さまが羽柴どのと和解されたゆえ、もはや敵対する理由はない。証人を出して好《よしみ》を通じることに異存はござらぬ」

「かたじけのうござる。主もさぞかし喜びましょう」

「ただし、このたび事を構えるに当たっては、多くの方々に助力を願った。その方々の無事を保証していただかなければ、わしだけ和議に応じることはできぬ」

「総赦免にせよと、おおせられるか」

「そうしていただかなければ、徳川三河守の信用は地に墜《お》ちる。そのことを分かっていただきたい」

「証人はどなたを送っていただけましょうか」

「そちらの望みは」

「こうした場合、ご嫡男《ちゃくなん》を預かるのが仕来《しきた》りと存じますが」

嫡男の信康《のぶやす》はすでに亡い。次の於義丸を出せという意味だった。

「良かろう。ただし盟約の証とするからには、羽柴どのの養子として迎えてもらいたい」

「承知いたしました。おおせの旨を主に伝え、改めて連絡させていただきます」

知信は無理押しをせず、滝川雄利をうながして立ち去った。

家康は大ぶりの茶碗を茶巾でぬぐい、自服のための薄茶を点《た》てた。於義丸を差し出す屈辱が、苦々しさとなって口の中に残っていた。

「総赦免を求められたのは、良い手立てでございましたな」

正信が姿勢をくつろげて腰をもんだ。

「何ゆえじゃ」

「これで長宗我部に対しても面目が立ちましょう。秀吉が応じれば上々、もし応じなかった場合には、四国や紀州、越中《えっちゅう》や薩摩《さつま》の討伐に手を取られることになります」

その間に秀吉の弱点に付け込み、形勢を挽回《ばんかい》する方策も立てられるというのである。

「そのようなことなど、考えてはおらぬ」

家康は薄茶を服してみた。うまく点っているのに、口の中の苦々しさを洗い流すことはできなかった。

知信の使者は七日後にやって来た。於義丸を養子とするので年内に送ること。総赦免については改めて話し合うこと。それが秀吉の返答だった。

秀吉の返答は、家康にとって悪いものではなかった。

織田信雄を秀吉に取り込まれたことで、家康は早急に新しい態勢を構築する必要に迫られている。総赦免の交渉に応じてくれるのであれば時間をかせげるし、盟約した者たちへの面目も立つ。

於義丸を証人に出すのもやむを得ないと覚悟していたが、このために家庭で新たな問題に直面することになった。

於義丸とお万、そして於大の方の了解を得なければならないのである。中でも於大の方は前々から、お万を正室にして於義丸を跡継ぎにするように求めていたので、証人に出すと言えばどれほど怒るか分からなかった。

きっと血走った目を吊り上げ、黒く塗った歯をむき出しにして罵詈雑言《ばりぞうごん》をあびせるにちがいない。その顔付きを想像しただけで、家康は気弱な子供のようにどこかへ逃げ出したくなった。

こうした浮足立つような、何とも言えない嫌な気持ちには覚えがある。駿府で今川家の人質になっていた頃に味わっていたものだ。

いつ殺されるか分からない不安、人にあなどられまいという緊張、そして敵地で生き抜く孤独……。

そうした辛《つら》さに押し潰されそうになった時、どこか誰もいない所へ逃げていきたいと思ったものだ。

ところがそんなことをすれば自分も松平家も破滅である。だから祖母の源応院《げんおういん》に抱き締めてもらい、乳房の間に顔をうずめて泣き寝入りに寝入ったのである。

（そんな辛さを……）

十一歳の於義丸に押し付けるのだ。ふいにそのことに思い当たり、家康の胸はきりきりと痛んだ。

戦略としては間違っていないはずだが、父親としての感情はまた別である。どれほど辛い目に遭《あ》うか身をもって分かっていながら証人に出すのは、何も知らないでそうするよりいっそう罪深く残酷である。

家康は於義丸と幼い頃の自分を重ね合わせ、決断がつけられないまま思い悩んでいたが、もはや後戻りはできなかった。

(ともかく、於義丸に言ってきかせ、お万に承知してもらうことだ)

先に二人の了解さえ得られれば、後で於大が何と言おうと馬耳東風を決め込めばよい。そう決意すると、近習の松平康忠を呼んだ。

「これから宇布見《うぶみ》村に行き、お万と於義丸を連れてきてくれ」

「今日のうちにでしょうか」

康忠にとってもお万は従妹である。対応には常々気を遣っていた。

「今日が無理なら明日でもよい。話しておかなければならぬことがある」

二人はその日の夕方にやって来た。

家康は本丸の奥御殿に部屋を用意し、数日の間泊まっていくように勧めた。

「お話がおありだと聞きましたが」

お万はふくよかな体に濃紺の着物とつるばみ色の打掛けをまとっていた。

於義丸は袖無し羽織に裁着袴《たっつけばかま》という乗馬の装いで、竹の鞭《むち》を持っていた。

「ほう、馬で来たか」

家康はまず於義丸に声をかけた。

「はい。康忠どのも馬でしたので」

遠乗りがてらに轡《くつわ》を並べてきたという。

「ちょうど良い。明日三方ヶ原に行かぬか」

「まことでございますか」

「時々早駆けをすると申していたであろう。道すがら、伝えておきたいこともある」

「承知いたしました。かたじけのうございます」

於義丸は目を輝かせ、「いいよね」とたずねるようにお万を見やった。

「良かったですね。稽古の成果を父上に見ていただきなさい」

お万は何かを察したようだが、おだやかな笑みを浮かべたままだった。


翌朝の遠乗りは豪華な顔触れだった。

家康と於義丸が並んで馬を進め、康忠と本多忠勝が先駆けをつとめている。後駆けは榊原康政と水野勝成《かつなり》。四人とも家中で指折りの乗馬の名手だった。

その後方には馬廻り衆四十騎が勢子《せこ》の姿をして従っている。鷹も二羽つれていて、獲物がいるなら鷹狩りをするつもりだった。

一行は犀ヶ崖《さいががけ》口から出て、三方ヶ原の台地の道を追分に向かった。十二年前に武田信玄《しんげん》との戦いに大敗し、命からがら逃げ帰った道だった。

幸い空は青く澄みわたり、冬には珍しく西風も吹いていない。道の両側に生い茂る栗や櫟《くぬぎ》は落葉を終え、裸の枝を寒々と天に差し向けていた。

「康忠、忠勝。追分まで於義丸と馬を競《せ》り合ってみよ」

家康は初めからそのつもりだった。

「しからば若殿、先に出て下され」

康忠が道を開けると、於義丸は間髪《かんはつ》を容《い》れずに馬の腹を蹴って飛び出した。

於義丸はまだ十一歳なので、大柄とはいえ肩も腰も少年の細さのままである。鹿《か》毛《げ》の駿馬《しゅんめ》に乗っているだけに後ろ姿は頼りないほど小さいが、乗馬の腕が確かなことは馬が地を蹴る軽快な音が示していた。

「ほっほう。見事なものでござるな」

無精ひげをもっさりと生やした本多忠勝が、遠ざかる於義丸を嬉《うれ》しそうに見やった。

「早く行け。追分までに追いつけぬぞ」

家康が急《せ》き立てると、先に黒毛《あお》に乗った忠勝が飛び出し、黒鹿毛の康忠が後を追った。

二人とも馬術の奥義を極めている。於義丸の馬のように高らかな足音も立てなければ、馬体が上下することもない。

於義丸は駆けて行ったが、二人は宙を飛ぶように見える。これならあわてなくても、追分のかなり手前で追いつけるはずだった。

「あやつら、やりおる」

家康は大きな満足とともに独りごちた。

残りの者を引き連れて追分に着くと、三人は馬をつないで待っていた。於義丸の鹿毛だけは大汗をかいて息をはずませていたが、黒毛と黒鹿毛は涼しい顔であたりを見回していた。

「於義丸、競《くら》べ馬はどうであった」

我が子が急に幼く見えて、家康は労《いたわ》りの声をかけた。

「お二人とも凄いです。俺の及ぶところではありません」

於義丸は素直に負けを認めたものの、それには理由があると言った。

「俺はずっと一人でした。馬術の師も競い合う相手もなく、一人で馬の稽古をしてきました」

だから馬と友だちになり、気を合わせることしか考えなかった。だがお二人は馬を御して手足のように乗りこなしておられる。

「その差がいかに大きいか、教えていただきました」

しっかりと敗因を分析している。十一歳とは思えぬ洞察力だった。

「良くぞ申した。足らざるを知ることが、上達の第一歩じゃ」

ところで於義丸の手綱さばきはどうであったかと、康忠と忠勝にたずねた。

二人はあきれたような困ったような、何ともいえない表情をして顔を見合わせた。

「どうした。思うところがあれば、遠慮なく申すがよい」

家康は本多忠勝に意見を求めた。

「ならば申し上げますが、久々に神童に出会いました。末恐ろしい器量と存じます」

「ほう、なぜじゃ」

「我らは追分の半里ほど手前で若殿に追いつき、一気に抜き去って引き離そうとしました。のう、康忠どの」

「さよう。追い抜くまでは速さの差が歴然としておりました。ところがその後、若殿は一町（約百九メートル）ばかり後ろをぴたりとついて来られたのです」

「その方らが、手をゆるめたからであろう」

「そうではありませぬ。我らの騎乗ぶりを後ろから見て、瞬時に乗り方を真似ることで速くなられたのです」

「しかも先ほど若殿もおおせられたごとく、馬のあしらい方のちがいをはっきりと分かった上で真似ておられるのでござる」

これを神童と言わずして何と呼べばいいのかと、忠勝はすっかり脱帽していた。

「於義丸、さようか」

「おお方のことは分かりました。しかし戦場で鎧をまとい槍を持ったなら、今の俺にはとてもあのような乗り方はできません」

「そうであろうな」

家康は再び於義丸への危惧を覚えた。

以前於義丸は、猪を矢の一撃で仕止めたことがある。こめかみを貫く凄まじい弓勢を見た時、家康は背筋が寒くなるようなおぞましさを感じたものだ。

その時と同じように、異形《いぎょう》の力量を持った我が子への本能的な恐れがあった。

「到着をお待ちしている間、祝田《ほうだ》まで足を延ばして森の様子を確かめて参りました」

残念ながら鷹狩りができるほど獲物はいないと、康忠が手回し良く報告した。

家康は秘蔵の鷹でキジなどを仕止めるところを、於義丸に見せてやりたいと思っていた。ところがその情熱もいつの間にか冷めて、秀吉の元に証人に出す件をどうやって切り出すかを考えていた。

「於義丸、三方ヶ原の戦いについて知りたいと言っておったな」

「はい、父上」

「ならば激戦の場となった所まで、行ってみようではないか」

家康は於義丸と馬を並べて先頭に立ち、鳳来寺《ほうらいじ》道《みち》を北に向かった。

三方ヶ原の戦いの激戦地となったのは、祝田の坂の五町（約五百五十メートル）

ほど手前だった。

武田軍二万五千の後を追った家康軍一万二千余は、武田軍が坂を下りる時に背後から攻撃を仕掛けることにしていた。

ところが信玄はその作戦を見抜き、馬場信春《ばばのぶはる》らの別動隊八千を先に三方ヶ原に向かわせて待ち伏せさせていた。そして家康らが別動隊と戦っている間に、本隊を反転させて襲いかかってきたのである。

あれは元亀《げんき》三年十二月二十二日。もう十二年も前のことだが、現場に立つとあの時の恐怖と絶望がまざまざとよみがえった。

「馬場信春どのを大将とする別動隊は、あの高台に布陣して我らを待ち構えていた」

家康は小さな祠《ほこら》があるあたりを指した。

祠の前は畑になっていて、冬の凍土におおわれている。そこに敵が旗を伏せて布陣していたのである。

「信玄どのは初めからこれを狙い、本隊二万五千を囮《おとり》にして我らを城からおびき出されたのだ」

「父上は罠《わな》とは気付かれなかったのですか」

話を聞かせてもらえる喜びに、於義丸は頬を上気させていた。

「初めはそうかもしれぬと疑っていた。それゆえ服部半蔵《はっとりはんぞう》に命じて伊賀者に様子をさぐらせていた。ところが信玄どのの本隊が城を素通りして三方ヶ原に向かったと聞き、このまま遠江に向かわせてはならぬということ以外に考えられなくなった」

それは信玄の威圧に内心おびえていたからだろう。それに信玄を素通りさせたなら、信長との約束がはたせないという重圧もあった。

そして追撃にかかったのだが、途中で伊賀者からの報告が入らなくなったのである。

「冷静な時ならおかしいと感じたはずだ。ところが目の前の武田軍にばかり気を取られ、それに気付くことができなかった」

「どうしたんですか。伊賀者は」

「信玄どのは地面に穴を掘って配下の山筒衆《やまづつしゅう》を隠し、獣《けもの》でも狩るように伊賀者を撃たせたのだ。そのため物見に出していた者たちが全滅させられていたが、わしは報告がないのは異変がないからだと思ってしまった」

それも平常心を失っていたからだと、家康はあの時の自分の未熟さを改めて痛感した。

家康は馬を立てて重臣たちを遠ざけ、床几《しょうぎ》を出させて於義丸と二人きりで向き合った。そして姿勢を改め、武田勢に襲われて総崩れになり、命からがら浜松城に逃げ帰ったいきさつを語った。

家康を助けるために家臣たちが踏みとどまり、一千人以上が討死したこと。犀ヶ崖口で本多忠真《ただざね》が配下とともに楯となり、夏目次郎左衛門吉信《なつめじろうざえもんよしのぶ》が家康の身替わりとなって敵の中に突撃していったこと。すべてが昨日のことのように鮮やかによみがえり、胸の奥から熱いものがこみ上げてきた。

「わしはな、わしは城に逃げ帰った時に」

家康は嗚咽《おえつ》をもらすまいと言葉を切り、大きく息をついて目頭を押さえた。

「城に帰った時に、今日を限りに死んだのだと思った。今ある命は自分のものではない。多くの家臣たちが身を捨てて生かしてくれたものゆえ、死んだ者たちに報いる生き方をしなければならぬと誓った」

「それは母上からも聞きました」

於義丸は初めて見る家康の気弱な姿に驚き、申し訳なさそうに打ち明けた。

「そうじゃ。あの時手負ったわしを支えてくれたのはお万であった」

そのことには今でも感謝していると、家康は素直に認めた。

「あの時の思いは今も同じだ。この命はわしのものではない。わしのために討死してくれた者たちのものだ。分かるか」

「はい、父上」

「ではどうすれば、その者たちに報いることができる」

「家臣や領民をいつくしみ、国を豊かにすることだと思います」

「その通りだ。それを成し遂げるためには、自分の欲にとらわれてはならぬ。家臣、領民にとって何が最善かを常に考え、我が身を犠牲にすることさえ厭《いと》うてはならぬのだ」

「伝えておきたいことがあるとおおせられたのは、そのことでしょうか」

於義丸が目尻の切れた大きな目を向けた。

こうした扱いをしてくれるのは何か特別なことがあるからだと、子供ながらに感じていたのだった。

「これから父は、羽柴秀吉どのと和睦《わぼく》の交渉をしなければならぬ。そのための証人として、そちを羽柴どのに預けることにした」

「人質になれと」

「そうではない。羽柴どのの養子になるのだ」

「この俺が、養子に……」

於義丸は一瞬ぽかんとした顔をしたが、それがどういうことか分かるとみるみる大粒の涙を浮かべた。

「人質なら構いませんが、養子は嫌です」

「養子になれば身の安全は保証される。いつ殺されるかと、おびえて暮らすことはないのだ」

「俺は……、俺は父上と母上の子でいたいのです。身の安全など、欲しくはありません」

「さようか。お前の気持ちは分かったが、これはすでに決めたことだ。たとえ他家に出ようとも、我が子であることに変わりはない」

家康は藤四郎吉光《とうしろうよしみつ》の脇差《わきざし》を守り刀として渡した。どんな言葉で慰めても、今の於義丸の心には届かないと、自分の経験から分かっていた。

「これは信長公から拝領したものだ。今はこれくらいのことしかしてやれぬが、この父を信じて堪《こら》えてくれ」

於義丸はためらいがちに脇差を受け取ると、急に前方の雑木林を見つめて耳をそばだてた。犬のように尖《とが》った耳だった。

「どうした？」

「鳥がいます。弓を拝借します」

馬廻り衆から馬上用の短弓を借りると、ピィーピィーと鷹の鳴き声を真似た。

家康も雑木林をながめたが、冬枯れの木々が立ち尽くしているばかりでどこにも鳥などいなかった。

ところが於義丸が徐々に鳴き声を大きくすると、落ち葉の積もった地面に隠れていたキジが二羽、恐ろしさに耐えかねたように大きな羽音を立てて飛び立った。

於義丸はその動きを冷静に見極め、二羽が重なる位置になった瞬間に矢を放った。弦《つる》がキュンという鋭い音をたて、矢は上空の二羽を串刺しにした。一羽目を矢羽根まで貫き、そのまま押し上げるようにして二羽目に突き立った。

一羽目は即死したが、二羽目は飛びつづけようと懸命に羽ばたいている。だが一羽目の重さに引きずられて地面に落ちていった。

(何と……)

於義丸にこめかみを射貫《いぬ》かれた猪を見た時のような戦慄《せんりつ》を覚え、家康は言葉を失っていた。

ふり返った於義丸は、どうだとばかりににこりと笑った。こだわりを吹っ切った無邪気で明るい目をしていた。


正午過ぎに浜松城にもどった家康は、奥御殿の書院にお万を呼んだ。

書見をしたり書状をしたためたりするための部屋で、壁の棚にはぎっしりと書物が並んでいる。その端には信長からもらった地球儀もあった。

「於義丸を遠乗りに連れて行っていただき、ありがとうございました」

大変喜んでいたと、お万が丁重に礼を言った。

「さようか。喜んでおったか」

「はい。ついでにキジも獲《と》ってきたと、於大の方さまに届けに行きました」

「母上に」

「キジ鍋は於大の方さまの好物ですから」

「何か申してはいなかったか」

「乗馬のコツが分かったと言っておりました。忠勝さまと康忠さまに教えていただいたと」

「於義丸は神童だと忠勝が申しておった。末恐ろしい器量だそうだ」

「まあ、そうだといいんですけど」

お万は謙遜《けんそん》しながらも嬉しそうに相好《そうごう》を崩した。

「三方ヶ原に連れて行ったのは、於義丸に言い聞かせたいことがあったからだ」

家康はしばらく間をおいて本題に入った。

「このたび羽柴秀吉どのと和睦の交渉をすることになった。その証人に於義丸を差し出せと、先方から求めてきたのだ」

「まあ、於義丸を人質に」

お万のふくよかな顔から血の気が引き、紙のように白くなった。

「人質ではない。羽柴どのの養子になるのだ」

「それでも……」

和睦の交渉が決裂したなら命の保証はない。お万はそれを案じているのだった。

「人質なら構わぬが養子は嫌だ、父と母の子でいたいと於義丸は言ったが、分別《ふんべつ》して承知してくれた。そなたが立派な武士に育ててくれたお陰だ」

「いけませんか。あの子でなければ」

「向こうが於義丸を所望してきた。すでに承諾の返事もしておる」

「殿には他にも立派なお子がおられます。ですが、わたくしには」

於義丸しかいないと言おうとして、お万は自分の口をきつく押さえた。

「そなたの気持ちは分かる。だが於義丸は承知してくれたのだ」

家康は予定していた通りに話を進めた。

お万がどれほど反対しようと、くつがえしはしないと腹をくくっている。こんな時の家康は表情だけはおだやかだが、感情を消し去ったガラス玉のように冷たい目になる。

お万はその目をじっと見つめ、もはやどうしようもないと悟ったようだった。

「いつでしょうか。於義丸の出立《しゅったつ》は」

「年内には行かせると約束している」

「分かりました。それでは宇布見にもどって仕度にかかることにいたします」

お万が青ざめたまま聞きわけた。

その強張《こわば》った表情は、どこかで見たことがある。家康はそう思ったが、それ以上深く考えようとはしなかった。

「失礼しますよ」

腹立たしげな声とともに襖《ふすま》が開き、於大が鬼の形相で入ってきた。手に持った籠には、湯通しをして羽根をむしり、腹を裂いて内臓を抜き出したキジが入っていた。

「母上、何のご用ですか」

「於義丸が持ってきてくれたキジがあまりに見事なので、一羽は塩釜焼きにしてみようと思ったのです。以前お万が作ってくれたことがあったでしょう」

「ええ。あれは鴨《かも》でしたけど」

お万が力なく応じた。

「その作り方を教えてもらおうと奥へ行ったら、こちらだと言うので」

書院の前まで来たところ、二人の話が聞こえたという。

「立ち聞きしておられたのですか」

「聞いたのではなく聞こえたのです。そんなことはともかく」

あなたは本当に於義丸を養子に出すつもりですかと、於大が籠を横に置いて家康の前に座った。

「これは徳川家の問題です。口出しはしないでいただきたい」

「私だって口出しなどしたくはありません。ですがお万があまりにも不憫《ふびん》なので、黙ってはいられないのです」

「お万も於義丸も承知してくれました。それに……」

これは家族だけの問題ではない。羽柴秀吉との和議が成るかどうかに、天下の行く末がかかっているのだ。

家康はそう言いたかったが、於大を説得することは出来そうにない。火に油を注ぐことになるばかりだった。

「あなたはこれまで、お万の苦労に報いることを何かひとつでもしましたか。於義丸が生まれた時にも双子だからといって遠ざけ、十年間もほったらかしにしていたではありませんか」

「それは……」

「お万を正室にして於義丸を跡継ぎにするべきだとあれほど言ったのに、耳を貸そうともしませんでした」

「伯母上《おばうえ》さま、わたくしのことは構いませんから、家康さまを責めないで下さい」

「しっかりしなさい。そんな風に遠慮ばかりしているから、こんな仕打ちを受けるのです」

「本当に、もういいのです」

気分がすぐれないので奥で休ませてもらうと、お万は一礼して出ていった。

「ほら、ごらんなさい。本心から納得しているなら、あんなに気落ちするはずがないではありませんか」

「今は皆が耐えなければならないのです」

家康はガラス玉のような目をしたまま、馬耳東風を決め込むことにした。

「お万はもう充分耐えてきました。この上於義丸を奪われたなら、どうやって生きていけばいいのですか」

「………」

「あなたも織田家や今川家の人質として、辛い思いをしてきたでしょう。それなのに於義丸に、同じ辛さを味わわせるつもりですか」

「…………」

「何とか言いなさい。そんな薄笑いでごまかすのは卑怯ですよ」

「…………」

「はっきり言いますが、あなたは於義丸の並はずれた才能を妬《ねた》んでいるのです。やがて自分の地位をおびやかされるのが怖いから、今のうちに遠くへやってしまおうとしているのです。ちがいますか」

確かに於義丸に対する複雑な感情の中には、そうした一面があるかもしれない。そんな思いにとらわれた時、家康の頭に稲妻のようにひらめくものがあった。

お万のあの表情。あれはお万が双子を産み、

「どちらかお選び下されませ。残った子は、わたくしが命を断ちまする」

そうして自分も自害すると、懐剣を胸元に引き寄せた時と同じである。

お万は自害することで於義丸に死の穢《けが》れを負わせ、養子に出せないようにしようとしているにちがいなかった。

「お万」

家康は胸を衝かれて部屋を飛び出した。

その拍子に於大の籠を足に掛けて引っくり返したが、立ち止まろうともしなかった。

奥御殿のあてがわれた部屋で、お万は自害しようとしていた。苦しみにのたうって着物の裾が乱れないように太股《ふともも》をさらしで縛り、刃先の尖った鎧通しで左の乳房の下を突き刺そうとしている。

祖母の源応院が自害した時とまったく同じだった。

「待て、早まってはならぬ」

家康は猫のような素速さで飛びかかり、鎧通しを握ったお万の手首をつかんだ。

「お暇《いとま》させていただきます。止めないで下さいまし」

お万が家康の手をふり払おうと身をよじった。

「そなたが死んでも、この話は止められぬ。羽柴どのは喪中とか死の穢れなどを気にする御仁ではないのだ」

「於義丸がいなければ、生きている甲斐がありません。好きにさせていただきます」

「馬鹿を言うな」

ふいに凶暴な怒りが込み上げ、家康は手首をへし折るような勢いで鎧通しを奪い取った。

「子供は親が生きてくれているだけで、希望を持ちつづけられるものだ。母上の顔を覚えていなかったわしでさえ、緒川《おがわ》城におられると思っただけで辛さに立ち向かう気力がわいてきた。いつの日か会えるという希望があったからだ。その希望を於義丸から奪うつもりか」

「そんなことをしたくはありません。ですが、もう……」

お万は床にうつ伏したままさめざめと泣いた。

「それなら於義丸とともに大坂へ行け。わしが源応院さまに支えてもらったように、於義丸を支えてやれ」

「できるのでしょうか。そのようなことが」

「何事も交渉次第だ。母親として受け容れられなければ、侍女としていけばいい」

「そうですよ。命あっての物種《ものだね》と言うではありませんか」

於大が籠を抱えて敷居際に立っていた。
「私のように業《ごう》の深い女子《おなご》でも、母親というだけでこんなに大事にしてもらってい
ます。於義丸はあんなに立派な子ですから、行く末を見届けなければもったいない
ですよ」
お万はうつ伏したまま泣きつづけている。
家康は肩を抱いて慰めたかったが、於大の手前そうすることもはばかられた。
「ここは私に任せて、あなたは書院にもどって下さい」
「しかし……」
「殿方には女子の気持ちは分かりません。命懸けで子供を産んだことがないのです
から」
それに我が子を手放す辛さは、私にも経験があります。於大がそう言って、はに
かんだ笑みを浮かべた。
於義丸は十二月十二日に大坂に向かうことになった。家康はその前日、於義丸や
供をする者たちと対面した。

守役《もりやく》は小栗重国《おぐりしげくに》が、側役《そばやく》は石川数正の嫡男康長《やすなが》がつとめている。三十一歳になる康長は、数正のたっての頼みで秀吉の内懐に飛び込み、羽柴家と徳川家の仲を取り持つ役目をになうことになったのだった。

於義丸の小姓は、数正の次男勝千代《かつちよ》（後の石川康勝《やすかつ》）と本多作左衛門重次《さくざえもんしげつぐ》の嫡男仙千代《せんちよ》（後の本多成重《なりしげ》）がつとめていた。

「大坂に着いたなら早々に元服式を行うと、羽柴どのから知らせがあった。名乗りはこの通りじゃ」

家康は秀吉が送ってきた巻物を開いた。金地の華やかな紙に、墨痕《ぼっこん》も鮮やかに「秀康《ひでやす》」と記してあった。

「どうじゃ、秀康」

「有り難うございます。名前に恥じぬよう、立派な武将になる覚悟でございます」

「功を焦るな。腹が立つことがあれば、自分を育てる肥《こ》やしだと思え」

家康は今川家の人質になっていた頃につちかった教訓を伝えた。

「供の者たちも役目大儀である。気苦労が多いことであろうが、秀康が立派な働きができるように支えてくれ」

家康は一人一人に三宝《さんぽう》に載せた餞別《せんべつ》を渡した。重国と康長には金百両（約八百万円）、勝千代と仙千代には白銀《しろがね》造りの脇差だった。

翌日はあいにくの雨だったが、一行は予定通り出発した。前後に警固の兵を従えた秀康は、鹿毛の馬に乗って進んでいく。雨をよけるために陣笠《じんがさ》をかぶり、蓑《みの》をつけていた。

家康は家族や重臣たちとともに浜松城の大手門まで出て見送った。心の整理はつけていたつもりだが、遠ざかる我が子を見ていると、哀《かな》しみとも怒りともつかない感情が込み上げ、うっすらと涙がにじんだ。

二日後、織田信雄と家老の飯田半兵衛が訪ねてきた。家康に無断で秀吉と和睦したことについて釈明し、改めて謝罪したいというのである。

家康は松平康忠に点前をさせ、富士見櫓の茶室で二人をもてなした。窓を開け放っていたが、あいにくの曇天で富士山は見えなかった。

「三河守どの、このたびはいろいろとご迷惑をかけ、合わす顔もございませぬ」

正客の座についた信雄が、わびのしるしにと金三千両（約二億四千万円）の手形を差し出した。

「さようでござるか」

家康はちらりと手形を見ただけだった。

すでに信雄への好意も信頼も失せている。だが裏切りを責めて秀吉の側に追いやるのは得策ではないと、ガラス玉のような目をして考えていた。

「これくらいでは足りないと承知しておりますが、今の我らに出来る精一杯のことでござる。お納めいただきたい」

「それではお言葉に甘えて、討死したり手負った者たちのために使わせていただきます」

家康勢は小牧・長久手や蟹江城の戦いで、二万人ちかい敵を討ち取っている。だが身方も八百人ちかい死人、千人ちかい負傷者を出していた。

「そうしていただければ有り難く存じます。このような仕儀になりましたが、今後ともよろしくお願い申し上げます」

「こちらこそお願い申す。これから羽柴どのとの厳しい交渉が待っておりますので、信雄さまのお口添えを願いたい」

「むろんでござる。できる限りのことはさせていただきます」

「ならば、さっそくでござるが」

「三河守どの、この先のお話は、それがしがうけたまわりましょう」

半兵衛が信雄に不用意な発言をさせまいと間に入った。

「このたびの戦に当たって、四国の長宗我部、紀州の惣国一揆、越中の佐々、薩摩の島津などに合力を頼み申した。この方々の安全を保証するよう計らっていただきたい」

「それは、なかなか……」

「そうでなければ、信雄さまは我が身を守るために身方を見殺しにしたと言われましょう。それがしとて、総赦免でなければ羽柴どのとの和議に応じることはできませぬ」

「しかし、方々《かたがた》を身方に誘ったのは三河守どのでござる。今後も貴殿に表に立っていただくのが筋と存ずるが」

飯田半兵衛が額に汗を浮かべて逃げようとした。

「確かにそれがしが連絡役を務めました。それゆえ総赦免でなければ和議に応じることはできぬと覚悟しております。されど」

この戦は信雄から援助を乞われて始めたものだ。旗頭は信雄なのだから、窮地におちいった身方のために尽力するのは当たり前ではないか。家康は厳しい言葉で半兵衛を説き伏せようとした。

「おおせはもっともでござる」

信雄がまなじりを決して口をはさんだ。

「この信雄、織田家の面目にかけて、秀吉どのにその儀を進言させていただきます」

「かたじけない。この件については信雄さまにお任せいたすゆえ、よろしくお取り計らいいただきたい」

家康は念を押した。信雄には秀吉を動かす力量はない。だがこうして言質《げんち》を取っておけば、先日の長宗我部の使者のような総赦免の訴えがあっても対応しやすくなるのだった。

その配慮は程なく生きた。年も押し詰まった十二月二十五日、越中の佐々成政《なりまさ》が雪焼けした猟師のような姿で現れた。

「三河守どの、秀吉と和睦されたと聞いたがまことでござるか」

「和睦したのは織田信雄さまだけでござる。それがしは交渉をつづけており申す」

「ならばその交渉は打ち切って下され。このまま秀吉をのさばらせては、やがて皆が亡《ほろ》ぼされることになりまするぞ」

そう訴えるために、成政は厳寒の雪山を越えてやって来たのだった。

「しかし信雄さまが和を結ばれたゆえ、我らには戦の大義名分がありません。後のことは信雄さまが計らって下さるゆえ、そちらに相談していただきたい」

家康は信長の直臣《じきしん》だった成政に少なからぬ敬意を抱いているが、この件ばかりは応じることができなかった。

家康の拒否にあった成政は、仕方なく浜松を去っていった。

〈越中之佐々蔵助《くらのすけ》（成政）浜松へこし候て、吉良《きら》ニ信雄様御鷹野《たかの》ニ御座候御礼申候〉

『家忠日記』にはそう記されている。信雄は吉良の鷹野にいるので、そちらに行くように家康が伝えたのだろう。

第三章

関白秀吉

天正《てんしょう》十三年（一五八五）の夏、事態は暗転し、徳川家康《とくがわいえやす》はかつてないほどの窮地におちいっていた。

同盟した大名たちを含めた総赦免でなければ和睦《わぼく》には応じられないと突っぱねたために、羽柴秀吉《はしばひでよし》との全面対決の危機に直面したのである。

秀吉の力は圧倒的だった。

三月には甥の三好秀次《みよしひでつぐ》を先陣とする十万の軍勢を紀州《きしゅう》に派遣し、根来寺《ねごろじ》、粉河寺《こかわでら》を炎上させた。四月十六日には高野山《こうやさん》を降伏させ、紀州惣国一揆《そうこくいっき》を跡形もなく壊滅させた。

返す刀で秀吉は四国の長宗我部元親《ちょうそかべもとちか》を討とうと、弟の羽柴秀長《はしばひでなが》を大将とする軍勢を侵攻させようとしている。越中《えっちゅう》の佐々成政《さっさなりまさ》は自ら出陣して討伐すると豪語し、越《えち》後《ご》の上杉景勝《うえすぎかげかつ》との関係を強化しつつあった。

家康もこうした事態を想定していなかったわけではない。だから織田信雄《おだのぶかつ》に迫り、小牧《こまき》・長久手《ながくて》の戦いで身方《みかた》になってくれた者たちの安全を保証するよう秀吉に進言すると約束させた。

ところが秀吉は信雄の進言に応じるふりをしてがっちりと支配下に組み入れると、

前言をひるがえして敵対した者たちの討伐にかかった。

信雄にはこれを制止する気力も力量もなく、唯々諾々《いいだくだく》と秀吉の命令に従っているのだった。

秀吉の強大な力に対抗するには、北条氏政《ほうじょううじまさ》、氏直《うじなお》父子との結束を強めるしかない。だが家康は、同盟の障害となりかねない大きな問題を抱えていた。上野《こうずけ》の北方に位置する沼田《ぬまた》領のことである。

三年前に北条家と和議を結ぶにあたって、家康は沼田領も含めて上野一国を引き渡すと約束した。ところがそれより先に真田《さなだ》昌幸《まさゆき》に沼田領の領有を認めていたために、両者から約束の実行を迫られることになった。

家康は初め、沼田領に替わる好条件を示せば昌幸が折れるだろうと考えていたが、昌幸は頑として応じず、沼田城に兵を籠めて北条勢の進攻を阻止しようとした。

これに手を焼いた北条家は、真田昌幸の兵を撤退させ、沼田領を引き渡すように家康に強硬に求めてきたのである。

この問題を放置したままでは、北条家との同盟にひびが入りかねない。それを危惧した家康は、四月中頃に三千の兵をひきいて甲斐《かい》の新府《しんぷ》城に入った。

真田昌幸と膝を交えて話し合い、解決の糸口をさぐるつもりだったが、昌幸はあいまいな返事をくり返すばかりで対面に応じようとしなかった。

そうした状況のまま、一ヶ月以上が過ぎている。業《ごう》を煮やした家康は、五月末日までに明確な返答をしなければ、手切れと見なして攻撃を仕掛けると通告した。

その期限まであと七日を残すのみとなったが、昌幸からの使者が来たという知らせはなかった。

雨は五日も降りつづき、いっこうにやむ気配がない。新しく整備した新府城の本丸御殿の瓦屋根をひっきりなしに叩《たた》き、軒先からすだれをなして落ちている。

野山は色鮮やかな新緑におおわれているが、糸を引くように降りつづく雨に閉ざされて白っぽく煙っていた。

甲斐は天正十年（一五八二）二月十一日の浅間山《あさまやま》の大噴火で甚大な被害を受けた。

噴火の様子は遠く離れた京都でも見ることができたほどで、噴出した溶岩による火砕流に直撃されたり、降りそそいだ火山弾や火山灰に一円が埋めつくされた。

しかも空をおおう噴煙のために日射《ひざ》しがさえぎられ、真冬のような寒さに襲われた。

信長勢《のぶながぜい》に攻められた武田勝頼《たけだかつより》が、新府城を捨てて小山田信茂《おやまだのぶしげ》の居城に避難しようとしたのも、譜代の家臣たちに見放されてなす術《すべ》もなく滅亡したのも、噴火の被害によって領国《りょうごく》が壊滅的な打撃を受けたからだった。

家康は信長勢に呼応して甲斐に攻め込み、被害の状況をつぶさに見た。灰色の火山灰にぶ厚くおおわれた大地で、多くの領民が飢えたり凍《こご》えたりして折り重なって死んでいた。

これこそ穢土《えど》だ。家康はそう感じ、戦をなくし領民が安全に暮らせる領国をきずくのが、上に立つ者の務めだと決意を新たにした。

本能寺《ほんのうじ》の変の後、北条や上杉との争いを制して甲斐、信濃《しなの》を領有するようになってからは、災害からの復興を一番の目標にして両国の治政をおこなってきた。年貢や夫役《ぶやく》を軽くし、食糧や資金の援助も惜しまなかった。

そして今では火山灰におおわれていた田畑も耕作地にもどり、ようやく田植えや畑作がおこなえるようになった。

ところが真田昌幸との交渉が決裂したなら、信濃は再び合戦の巷《ちまた》と化し、領民に大きな負担をかける。それだけは何としてもさけたかった。

真田昌幸との交渉に手こずる家康をあざ笑うように、秀吉は着々と戦力を強化していた。

紀州を平定した後、紀伊《きい》一国を弟の羽柴秀長に与え、熊野《くまの》水軍を身方にして四国攻めに投入できるように編成している。

すでに黒田官兵衛《くろだかんべえ》を四国攻めの先陣として淡路島《あわじしま》に進攻させ、いつでも阿波《あわ》、讃岐《さぬき》に攻め込める態勢を取っていた。

そうした知らせが届くたびに、家康は踏みしめた大地が崩れ去っていくような焦燥にさいなまれる。

何とか打開する策はないものかと、真田との交渉を任せている本多正信《ほんだまさのぶ》を呼んで状況をたずねた。

「真田からは、何か言ってきたか」

「何の音沙汰もありません。なしのつぶてでござる」

正信が平然と答えた。

「何をしておるのじゃ。月末まであと七日だぞ」

「真田の一門や国衆《くにしゅう》に手を回し、何とか説得しようとしておりまする。されど……」

「されど、何じゃ」

「体調がすぐれぬと言って、腰を上げようとしないのでござる」

「初めから、交渉に応じる気はないということだな」

「さよう。まんまと時間かせぎをされたようでござる」

正信が苦笑いを浮かべ、よそ事のような言い方をした。

それは真田昌幸にしてやられた自嘲の笑いだとは分かっている。だが家康にはふてくされているように見えて、厳しい言葉をあびせずにはいられなかった。

「そちはわしを天下人にするために戻ってきたと申したな」

「さよう」

「大坂本願寺の参謀として天下を相手にしてきたゆえ、田舎のことしか知らない石川数正《いしかわかずまさ》の及ぶところではないと豪語していたではないか」

「正確な文言は忘れましたが、そのようなことを言った覚えがございます」

「ならば今こそ、その力量を発揮すべき時であろう。沼田領のことが問題になった時、真田への借りは先々返すことにして、北条との和議を急ぐべきだと言ったのはそちではないか」

「確かに、さようでござる」

「ところがどうだ。これまで真田を手厚く遇したにもかかわらず、沼田城から兵を引かせることができぬではないか」

家康は本多正信の進言に従い、川中島《かわなかじま》四郡から上杉勢を追った後は、沼田領の代替地として真田に与えると約束した。

しかも沼田領を放棄させる詫びとして、上田《うえだ》城を築城して進呈さえしたが、真田昌幸はしたたかである。

家康から受け取るものだけ受け取りながら、一向に沼田領から撤退しようとしなかった。

これでは埒《らち》があかぬと見た正信は、昨年六月、真田昌幸を暗殺しようと言い出した。真田配下の室賀《むろが》正武《まさたけ》を調略しているので、彼に襲撃させるというのである。

家康もこれに同意したものの、計略は真田の密偵に察知され、昌幸を討とうとして上田城に乗り込んだ室賀正武は返り討ちにあった。

しかもこれが家康が仕組んだことだと知られたために、真田昌幸との仲はいっそう険悪になったのだった。

「殿、覆水は盆に返りませぬぞ」

「そんなことは分かっておる」

「ならば済んだことをあげつらっていがみ合うより、これからの方策を考えるべきでございましょう」

本多正信は憎らしいほど落ち着き払っていた。以前から物に動じない男だったが、近頃は悟りでも開いたように泰然として、自分だけの物思いにふけることが多い。

それが人を見下しているようで、反感を招く原因にもなっていた。

「そちはどうじゃ。何か考えはあるか」

「もはや真田が交渉に応じるとは思えませぬ。取るべき策は二つしかございますまい」

「ひとつは戦であろうな」

「それよりは、もう一度刺客《しかく》を送る方が良かろうと存じます」

正信は暗殺策にこだわった。

上田城は大久保忠世《おおくぼただよ》らが心血を注いで築いた堅城である。これに拠《よ》る真田勢を攻め亡《ほろ》ぼすのは容易なことではない。

しかも真田攻めに手間取れば、越後の上杉景勝が真田と同盟して信濃に侵攻してくるおそれがある。それを危惧しているのだった。

「だが、もはや同じ手は通じまい。大久保忠世、平岩親吉《ひらいわちかよし》、鳥居元忠《とりいもとただ》に、兵をひきいて小諸《こもろ》城に入るように伝えよ」

家康は甲州《こうしゅう》の差配を任せている三人に、五千の軍勢をひきいて小諸城に入るように命じ、いつでも上田城に攻めかかれる態勢を取って真田昌幸に譲歩させようとした。

ところが昌幸は応えた様子もなく、五月末になっても返答の使者さえよこさなかった。

「やはり、折れぬようでございますな」

本多正信はこうなることを見越していたようだった。

「すでに上杉と通じておるのか」

「使者を送って交渉を始めているようですが、上杉は真田を信じていいものかどうか迷っているようでござる。両者の動きには、服部半蔵《はっとりはんぞう》が目を光らせておりりまする」

「上田城の兵はいかほどじゃ」

「二千ばかりでございます。砥石《といし》城には嫡男信幸《ちゃくなんのぶゆき》を大将とする一千ばかりを配しているようでござる」

「新府城の手勢と小諸城の兵を合わせれば八千になる。一気に上田城を攻め落とす策はないか」

「今は無理でございましょう」

「なぜじゃ」

「上杉が武田勝頼の遺児を保護しているそうでござる。真田はその子を擁立《ようりつ》して武田家を再興すると、甲斐、信濃の国衆に触れて身方をつのっているのでござる」

「それは、まことか」

家康はふいに足をすくわれた気がした。もしそれが事実なら、武田家の遺臣たちが雪崩《なだれ》を打って真田方に参じかねなかった。

「半蔵の配下が真田の使者をとらえたところ、国衆にあてた書状にそのように記されていたのでございます」

「突き止めることはできぬか。遺児とやらを」

「さすがの半蔵も、越後まで入り込むことはできますまい。本当の遺児であれば、上杉方の警戒も厳重をきわめているはずでござる」

後にこの遺児は勝頼の子ではなく、信玄《しんげん》の子武田龍宝《りゅうほう》の子で、一向宗《いっこう》の長延寺《ちょうえんじ》に入っていた顕了道快《けんりょうどうかい》（信道《のぶみち》）だったことが明らかになる。武田家が亡びた時、道快は寺の師僧とともに甲斐を脱出し、信濃の寺にかくまわれていたのだった。

「そのような者がいるのなら、やがて真田と上杉は武田家再興を名分として結びつくことになろう」

「それゆえ今のうちに、真田昌幸を……」

暗殺すればすべてが解決する。正信は改めてそう進言した。

前には室賀正武を使ったので失敗したが、今度は服部半蔵に腕をふるってもらうという。

「分かった。それではそちはここに残って指揮をとってくれ」

家康は六月三日に新府城を出て、七日に浜松《はままつ》城にもどった。

秀吉への対応や北条家との関係強化など、やらなければならないことは山ほどあった。

四日後、織田信雄の家老である飯田《いいだ》半兵衛《はんべえ》と滝川雄利《たきがわかつとし》がそろってやって来た。

五百の兵を警固につける物々しさである。家康はそれを見ただけで不愉快になり、本丸御殿の大広間で対面することにした。

「三河守《みかわのかみ》どの、紀州や四国の件では御意《ぎょい》に沿えず、大変申し訳なく思っており申す」

半兵衛が白髪の目立つ頭を深々と下げた。

「そうやって詫びられるのは、これで何度目になりましょうか。正直なことを申せば、辟易《へきえき》しておりまする」

家康は強硬な態度を崩すまいと決めていた。

「おおせはごもっともでござる。主《あるじ》信雄も秀吉どのに総赦免していただくように何度も懇願いたしました。されど力及ばず、聞き届けていただけなかったのでござる」

「そのおおせられ様では、信雄さまは骨の髄《ずい》まで秀吉どのの家臣に成り下がられたようですな」

「面目ござらぬ。それがしも秀吉どのがこれほどの大物になられるとは、想像だにしておりませんでした」

「それは信雄さまが節を曲げて秀吉どのに屈服されたからじゃ。あのまま我らと共に踏みとどまって下されば、今頃将軍となって幕府を開いておられたであろう」

「和議に応じたのは、秀吉どのが帝《みかど》を中心とする体制を築き、この国の統一と平和を実現すると誓われたからでござる。お言葉通りにこの三月には正二位《しょうにい》内大臣になられました。やがては関白となって、朝廷の柱石をになわれましょう」

「あの男が関白に」

家康は思わず腰を浮かしそうになった。

五摂家《ごせっけ》の生まれでもない秀吉が関白になれるはずがない。そう言いたかった。

「内々のことは存じませぬが、天下は大きく変わろうとしております。それゆえこの半兵衛も身を引き、滝川兵部少輔《ひょうぶしょうゆう》どのに後事を託すことにいたし申した」

飯田半兵衛が滝川雄利を官名で呼んだ。

信雄と秀吉が和議を結ぶに当たって、雄利は多大な貢献をした。その功績を賞して信雄は雄利を筆頭家老とし、北伊勢《いせ》一帯の知行《ちぎょう》を認めたのである。

兵部少輔の官職は、金一千両（約八千万円）とともに秀吉が与えたものだった。

「飯田どのが言われた通りでござる。これからはそれがしが当家と徳川三河守どのの取り次ぎ役をさせていただきまする」

だから今までのようにはいかぬ。雄利はそう言いたげだった。

「それで、用件は」

「秀吉さまは四国征伐を終え次第、越中の佐々成政を討伐なされます。それゆえ三河守どのには、佐々に与《くみ》せぬ証として人質を差し出していただきたい」

「人質なら、すでに於義丸《おぎまる》や重臣の子を差し出しておるが」

「状況が変わったのでござる。主信雄も秀吉さまと和議を結ぶいい機会ゆえ、ぜひ応じていただきたいと申しておりまする」

雄利が節くれ立った武骨な手で、信雄からの書状を差し出した。

それには信雄らしい煮えきらなさで、四ヶ条にわたる文言が記されていた。
一、秀吉の越中出陣が迫っているが、家康と成政が共謀しているという噂がしきりであること。

二、その疑念を晴らすために、家康の重臣二、三人を人質として清洲《きよす》城に出すようにしてもらいたいこと。

三、新たに人質を出したなら、秀吉は於義丸や石川勝千代《かつちよ》を岡崎《おかざき》にもどす意向であること。

四、成政が秀吉に追われて家康の領国に逃げ込んだなら、かくまったりせずに差し出すこと。

読み進めるにつれて、家康は猛烈に腹が立ってきた。信雄の豹変《ひょうへん》ぶりが我慢できないのではない。いかに信長の息子とはいえ、頼む甲斐のない男を頼んだ自分の甘さが許し難かった。

「三河守どの、ご返答はいかがでござろうか」

雄利が威圧するように身を乗り出した。

「昨年末に佐々どのが浜松に来られた時、わしは三河に行って信雄さまと交渉するように伝えた。この一事をもってしても、佐々どのと共謀していないことは明らかではないか」

「やましい所がないのであれば、重臣二、三人を人質に出して下され。当家が清洲城でお預かりし、三河守どのに異心のないことを秀吉さまにお伝えいたしましょう」

「わしは総赦免でなければ和議には応じられぬと言った。秀吉どのがそれを認めぬ以上、和議は破談になったということだ。人質を出す必要もあるまい」

「よろしゅうござるか。そんな風に片意地を張っておられると、戦になりまするぞ」

「戦など望んでおらぬ。しかし折り合いがつかなければいたし方あるまい」

家康は引きさがろうとしなかった。

状況はかなり不利だが、本能寺の変以来のいきさつを考えれば、ここで秀吉に屈服する訳にはいかなかった。

「信州《しんしゅう》の真田には、手こずっておられるようでござるな」

雄利が急に話を変え、無精ひげにおおわれた口でにやりと笑った。

「さしたることはない。もうじきけりがつくであろう」

「越後の上杉どのから、真田が同盟を申し入れてきたという知らせがござった。上杉どのは秀吉さまとも好《よしみ》を通じておられるゆえ、越中の佐々を下したなら、北陸一円が我らの身方となり申す。これと真田が結びつけば、三河守どの、信州を維持することは難しくなるのではありませぬか」

「半兵衛どの、これを最後に身を引かれるとおおせになりましたな」

家康は雄利の脅しを無視し、飯田半兵衛に話を向けた。

「さよう。来月には出家して、仏道の修行に余生をささげるつもりでござる」

「ならば最後の対面になりましょう。送別の茶など差し上げたいが、いかがでござろうか」

「我ら二人でござろうか」

半兵衛がちらりと雄利の様子をうかがった。

「半兵衛どのとは積もる話もござる。正客《しょうきゃく》のみでもてなしをさせていただきたい」

「お、お気持ちは有り難く頂戴いたします。されど大事な役目のさなかでござるゆえ」

個人的な行動はできないと、半兵衛は額に汗を浮かべて交渉を打ち切った。

六月半ばを過ぎると、猛烈な暑さにみまわれた。連日激しく日が照りつけ、田畑はカラカラに干からびていく。

水不足がたたって稲が枯れはじめ、飢饉《ききん》のおそれが現実のものとなりつつあった。飢饉が迫っているとすればなおさら、兵を動かし、領民に負担をかけるわけにはいかない。家康は次第に真田昌幸の暗殺に期待を寄せるようになったが、仕留めたという知らせは一向に届かなかった。

本多正信と服部半蔵は伊賀者《いがもの》を使って執拗《しつよう》に暗殺の機会を狙っていたが、昌幸はこのことあるを察して上田城の警備を厳重にし、一歩も外に出ようとはしなかったのである。

六月末日、珍しい客が訪ねてきた。

都の近衛前久《このえさきひさ》の使いだというので大広間で対面すると、涼しげな水色の水干《すいかん》を着て烏帽子《えぼし》をかぶった若者が平伏していた。

「三河守さま、お久しゅうございます」

顔を上げて挨拶したが、しばらく誰だか分からなかった。

「お見忘れでございましょうか。京観世《かんぜ》座の音阿弥《おとあみ》でございます」

「おお、確かに」

そう言われればそんな気もする。だが公家《くげ》風に化粧した顔も声色《こわいろ》も別人のようだった。

「そなたが何ゆえ、近衛公の使いをつとめるのだ」

「観世座が忍びの役をつとめていることを、前久さまはご存じでございます。お屋敷に呼ばれ、三河守さまのもとに使いに行くように命じられました」

さすがに前久は洛中《らくちゅう》の事情に精通している。観世座と伊賀のつながりや、音阿弥が家康のために動いていることを知っていたのだった。

「それで、用件は」

「内々のことゆえ、ご無礼いたします」

音阿弥は上段の間に上がり、家康に体を寄せて用件を伝えた。

「来月十一日、秀吉どのが関白になられます」

「地下《じげ》の者が、何ゆえそのような顕職《けんしょく》につける。よもや帝のご落胤《らくいん》だという秀吉の宣伝を、朝廷が認めたのではあるまいな」

「前久さまが秀吉どのを猶子《ゆうし》にし、関白になる道を開かれたのでございます。豊臣《とよとみ》という家の創設を許し、五摂家なみの家格を与えることになされました」

「何ゆえじゃ。近衛公は秀吉と手を組まれたということか」

「手を組まれましたが、これは天下安泰を図るためで三河守さまに敵対するためではない。そのことを伝えるように、身共《みども》をつかわされたのでございます」

近衛公が秀吉どのと組まれた理由は二つございますと、音阿弥が公家風のねっとりした言い回しで前久の意を伝えた。

一つ、秀吉が目ざしている律令制にもとづく国造りは、帝を中心として王政復古を成し遂げることであり、朝廷の意向にも添っていること。

一つ、本能寺の変以来ぎくしゃくしている朝廷と秀吉の関係を修復し、政《まつりごと》を正道にもどすこと。

「それゆえ三河守さまにも、秀吉どのと和解して新しい国造りに加わっていただきたい。前久さまはそのようにおおせでございます」

「ぎくしゃくしていたとは、朝廷が本能寺の変に関与していた証拠を秀吉どのに握られ、事あるごとに脅されていたということだな」

「そのことについては、何もおおせになりませんでした。前久さまがこのようなご決断をなされたのは、東宮《とうぐう》さまの御身《おんみ》を案じておられるからでございます」

「誠仁《さねひと》親王の御身を」

「信長公を上洛させるに当たって、東宮さまのご内書が大きな力を発揮いたしました。これが信長公をおびき寄せるための方策だったという証拠を、二条《にじょう》御所の女官がつかんでおりました。その者がクリスタンであったので、イエズス会を通じて秀吉どのの手に渡ったのでございます」

「秀吉どのはその証拠を使って、親王と朝廷を脅しつづけておられるのだな」

「その証拠と引き替えに、前久さまは秀吉どのを関白にするように図られました。これは東宮さまをお救い申し上げるためでもあったのです」

「それなら政を王道にもどすとは、どういうことじゃ」

「朝廷の官位につけば、職務として定められた通りのことしかできません。それゆえ暴れ馬を柵に入れるも同然だと、前久さまはおおせでございます」

「なるほど、そうかもしれぬな」

秀吉を関白にして天下に号令する大義名分を与えるかわりに、朝廷のくびきの中にがっしりとつなぎ止めておく。いかにも前久らしい策略だった。

「お言葉はうけたまわった。ただし秀吉どのが四国の長宗我部や越中の佐々の討伐をやめない限り、和議を結んで国造りに加わることはできぬ。そのことにもお口添えをいただきたいと、近衛公に伝えてくれ」

音阿弥が知らせた通り、秀吉は七月十一日に関白職に就任した。

前久の猶子となって豊臣姓をたまわり、五摂家（近衛、一条《いちじょう》、二条、九条《くじょう》、鷹司《たかつかさ》家）の出身者以外には就任不可とされている関白職を手に入れたのだった。

それから四日後、岡崎城《おかざきじょう》を預かる石川数正がたずねて来た。

切れ者として名を知られた数正も、すでに五十三歳になる。髷《まげ》が小さくしか結えないほど髪がうすくなり、広い眉間《みけん》には険しい縦じわが刻まれていた。

「本日は関白秀吉公の意を受けて参りました」

「ご苦労、関白になられたとは驚きだな」

「この機会に殿との和議を成し遂げたい。ついては関白就任の祝いをするので、上洛してもらいたいとのことでございます」

数正は長年秀吉との交渉役をつとめている。同時に秀吉の意向を家康に伝える役目もになっていた。

「その前に今からでも総赦免を認めてもらいたい。さすれば上洛の道も開けよう」

「秀吉公はやがて惣無事令《そうぶじれい》を発し、帝の名において私的な戦を停止するように命じられます。長宗我部や佐々がこれに従うなら、家の存続を認められると思います」

「それはすべての大名が、秀吉どのにひれ伏さねばならぬということか」

「秀吉公ではなく、帝にひれ伏すのでござる」

数正は秀吉の狙いを熟知している。それなのに家康に対してさえこう言い張るところに、秀吉への接近ぶりがうかがえた。

「それは詭弁《きべん》であろう。秀吉どのは帝を利用して、天下を意のままにしようとしておられるのじゃ」

「されど関白となられ、帝のご意向を体《たい》する地位につかれたからには、従わぬ者は朝敵として討伐されることになりましょう」

「うむ、確かに」

「しかもこれは、信長公が目ざしておられた律令制を復して天下統一を成し遂げるやり方でもあります」

志は同じだから従うべきである。数正はそう言いたいようだが、家康には認めることなどできなかった。秀吉のような下司《げす》に、信長の志を受け継げるはずがないという反発心を、ぬぐい去ることができないのだった。

「殿、秀吉公は十万の軍勢を即座に動かす力を持っておられます」

「そのようなことは分かっておる」

「その軍勢が、いかほどの鉄砲を備えているかご存じか」

「大方《おおかた》、一万ばかりであろう」

「一万三千でござる。しかもイエズス会やスペインの支援を得て、南蛮《なんばん》貿易の利益と硝石《しょうせき》や鉛の輸入を独占しておられます。石見《いわみ》銀山の支配権も、今や秀吉公が握っておられるのでござる」

石川数正は家康を説き伏せようとたたみかけた。

「石見は毛利《もうり》の所領だったはずだが」

「毛利は銀山だけは禁裏《きんり》御料《ごりよう》にして、代官職をつとめております る。これは銀山を他家に奪われるのを避けるためでござるが、秀吉公は関白になって朝廷を意のままにしておられますので、毛利もこれに逆らうことはできませぬ」

「そちの申すことはもっともじゃ」

家康はひとまず引き下がった。

秀吉に屈することはできないとこれ以上言い張っても、数正は納得してくれまい。ならばうまく操って、秀吉との交渉を有利に運ぶ駒として使うしかないと思った。

「秀吉どのが信長公の志を受け継ぎ、帝を中心とした律令制を復されるなら、わしも従わざるを得ないだろう」

「それでは上洛を」

「そうしたいのは山々だが、今は信濃の真田昌幸の反乱に手を焼いておる。この問題を解決したならただちに上洛し、関白就任の祝いに出席する。それゆえ今しばらくお待ちいただきたいと、秀吉どのに伝えてくれ」

「まことでございますな」

数正が鋭い目をして念を押した。

「大坂では秀康《ひでやす》とそちの息子たちが証人になっている。これを見殺しにすることは決していたさぬ」

「ならばそれがし、一命を賭して秀吉公に猶予を願って参ります」

数正は内心、家康の真意を疑ったのだろう。それゆえ強い言葉を使い、家康に約束を守らせようとしたのだった。

七月十七日、服部半蔵がもどって信濃の状況を伝えた。

「面目ございません。真田家にも手練《てだれ》の忍びがいて、お申し付けをはたすことができませんでした」

「やむを得まい。暗殺などというものは敵の意表を突かなければ成らぬものだ」

「しかし上田城の監視を厳重にしていたことが功を奏し、上杉の使者が真田を訪ねたことを突き止めました」

「両者の盟約が成ったか」

「そのための使者であろうと思われます」

半蔵の推測は的を射ていた。上杉景勝は真田昌幸の要請を受け容れ、帰属を認める起請文《きしょうもん》を送ったのである。

その中で景勝は、

〈一、再び身方となったからには、何かの手違いがあっても見捨てない。

一、敵（徳川や北条）が攻めてきたなら、上田だけでなく沼田領にも援軍を送る。

一、今後は密謀の噂があっても、よく調査して関係を継続するようにつとめる〉

など九ヶ条の約束をして、主従の関係を結ぶことを誓った。このために家康は、信濃北部において上杉、真田と敵対することになったのだった。

翌十八日、家康は井伊直政《いいなおまさ》や松平家忠《まつだいらいえただ》ら二千余の兵をひきいて駿府《すんぷ》城に移った。

浜松城にいては甲斐、信濃まで距離がありすぎて、火急の事態への対応が手遅れになる。家康自身が駿府にいて、いざという時には即座に出陣する構えを取ることで、身方の動揺を抑えようとしたのだった。

駿府城は静岡平野の中でも標高が高い場所に位置している。すぐ北西には浅間《せんげん》神社があり、細長く延びた尾根が神社の背後から賤機山《しずはたやま》へとつづいていて、万一の場合には山頂にある詰めの城に立て籠もることができる。

西には安倍《あべ》川が流れ、天然の要害となって敵の侵入を防いでくれるし、東には谷《や》津山《つやま》があって支城を築くには最適の立地である。

秀吉と真っ向から戦うことになった場合でも、駿府城なら余裕をもって対処できるし、北条との連携をはかるにも都合が良かった。

この地にはかつて今川《いまがわ》家の館があった。

京都の足利《あしかが》将軍家の御所にも劣らぬ優雅な館が建っていたものだが、武田軍の侵攻によって焼き尽くされ、武田信玄が駿河を領有してからは二重の堀を持つ頑丈一《いっ》辺倒《ぺんとう》の城に改築されていた。

家康はこの地に居城を移してもいいと考えている。そのためにはもう一重の堀をめぐらし、惣構《そうがま》えのように町を囲んで長期戦に耐えられるようにしなければならなかった。

甲州征伐の後に駿河を領するようになってから、家康は少しずつ駿府城の修築を進めていたが、本拠地の移転まで視野に入れた改修に着手するのは初めてだった。

「まずは本丸御殿。それと同時に本丸、二の丸、三の丸の堀を整備しなければならぬ」

家康は近習《きんじゅ》の松平康忠《やすただ》に指示をした。

「本丸と二の丸の堀は、幅五間《けん》（約九メートル）はほしい。総石垣にして多聞櫓《たもんやぐら》をめぐらすのだ」

徐々に劣勢に立たされているせいか、家康の心に焦りが生まれている。秀吉勢は十万を超えると思えば、どれほど城を強化しても足りない気がした。

武田が築いた二重の堀を渡って本丸に入った。百間（約百八十メートル）四方はどの本丸は、新しく御殿を築くために更地にしてある。まわりより少し高くなっているので、あたりの景色を見渡すことができた。

浅間神社の朱色の鳥居も、賤機山から竜爪山《りゅうそうざん》へとつづく尾根も見える。家康が幼い頃に今川館からながめた景色が、今も変わらずそこにあった。

「国破れて山河あり、か」

家康はそうつぶやき、いつか今川氏真《うじざね》と息子の信康《のぶやす》が杜甫《とほ》の『春望』について語り合っていたことを思い出した。

「殿、あれは臨済寺《りんざいじ》の屋根ではありませぬか」

康忠が賤機山のふもとを指さした。

真っ直ぐにつづく石段の上に、重厚な瓦屋根の本堂が建っている。今川義元《よしもと》が兄氏輝《うじてる》の菩提寺《ぼだいじ》として太原雪斎《たいげんせっさい》に創建させた寺である。

家康は駿府で人質になっていた頃、この寺で雪斎の教えを受けていた。あの頃手習いをしていた部屋は、今も残されているはずだった。

「それがしも何度か殿のお供をしたことがございます。雪斎どのは近付きがたいお方でした」

「そうだな。何度も警策《けいさく》で打たれたものだ」

雪斎がもっとも厳しく教えたのは、どんな時にも平常心を保つことだった。執着にとらわれているうちは、深い知恵は生まれないというのだが、まだ幼かった家康には、雪斎の言葉の意味が分からなかった。

平常心とは何事にも動じないことだろうと想像がついたが、執着という言葉は理解の範囲を越えていた。

太原雪斎は説明などしなかった。座禅をしていると警策で思いきり肩を打ち、痛いかとたずねる。痛いですと答えると、それが執着だという。

すれ違いざまに喉元に刃《やいば》を突きつけ、恐《こわ》いかと問う。恐いですと答えると、それが執着だという。

これは修行などではあるまい。人質を苛《いじ》めて楽しんでいるだけだ。家康はそんな風に受け取り、雪斎とどう接していいか分からなくなった。

手習いも作務《さむ》も座禅も嫌になり、部屋に閉じこもって雪斎の呼び出しにも応じなくなった。

そんな時、庭の掃除をしていた初老の寺男が声をかけてくれた。

「若さま、あの一本杉に登れますか」

山の中腹に立つ枝打ちをした高い杉の木を指さした。浅間神社の幟立《のぼりた》てにするため、ひときわ入念に育てているものだった。

「今は無理だ。しかし、大人になれば登れるだろう」

「それなら目をつぶって、あの木のてっぺんに登っていると想像してみて下さい」

「こうか」

家康は素直に従い、高い杉の梢《こずえ》にしがみついて眼下の景色をながめている様子を思い描いた。

「そこから寺の屋根は見えまするか」

「ああ、見える」

「今川さまのお館は」

「館ばかりか、その向こうに広がる海まで見える」

「それではつかまっている手を放してみて下され」

「そんなことをすれば、落ちてしまうではないか」

「いいから。この爺《じい》を信じて手を放されよ」

家康は思い切って手を放した。とたんに体が吸い込まれるように地面に向かって落ちていった。

「杉の木にしがみつく心と、手を放せば落ちるという恐怖心。それが雪斎和尚が言われる執着というものでございます」

寺男はそうつぶやくと、竹ぼうきをかついで去っていった。

家康は何となく意味が分かった気がして、時々一本杉に登った瞑想《めいそう》をするようになった。そうして雪斎が言う平常心についても、自然と理解できるようになったのだった。

「近々臨済寺を訪ねてみるか」

家康は懐かしさにとらわれて松平康忠を誘ってみた。

「よろしゅうございまするな。久々にあの石段を登ってみとうございます」

「寺には今川義元公の墓所もある。ご挨拶をしておかねばなるまい」

一本杉の瞑想を思い出したせいか、家康は久々に心が軽くなるのを感じた。

秀吉や上杉、真田に勝とうと必死に杉の木にしがみついている自分の姿が、見えた気がしたのだった。

秀吉は破竹の勢いで敵対勢力の討伐をつづけていた。

七月二十五日には長宗我部元親を降伏させ、四国のうち土佐一国の領有だけを許すという条件で家の存続を認めた。

八月四日には織田信雄が五千余の軍勢をひきい、佐々成政攻めの先陣として越中に向かった。

六日には加賀の前田《まえだ》利家《としいえ》が佐々勢との戦闘を開始した。

七日には秀吉が三万余の軍勢を従え、正親町《おおぎまち》天皇や公家衆に見送られて出陣した。

「秀吉公は関白用の網代輿《あじろごし》に乗り、金銀の鎧《よろい》をまとった馬廻り衆を前後に従え、威風堂々と都を出発なされました」

修験者《しゅげんじゃ》に身を変えた音阿弥の配下が報告に来たのは、八月十日のことだった。

「越中の平定に手間はかからぬゆえ、三日分の腰兵糧があればよい。秀吉公はそう豪語されたそうでございます」

秀吉勢は七万は下らない。しかも越後の上杉勢と同盟して、東西から越中を攻めようとしている。これに対して佐々成政は二万の軍勢を富山《とやま》城に進めて籠城《ろうじょう》する構えを取っているという。

（それでは一月《ひとつき》も持ちこたえられまい）

　家康は新府城と小諸城に急使を送り、本多正信と鳥居元忠を駿府に呼んで今後の対応を話し合った。

「元忠、上田城の様子はどうじゃ」

「真田勢は日に日に城の守りを強化しております。五千ばかりで攻めたところで、落とすことはできぬと存じます」

　元忠がぎょろりと目をむいて答えた。

　この夏の日照りのために小諸城でも兵糧が不足しているので、面長の顔が頬をそぎ落としたようにやつれていた。

「敵は二千ばかりと聞いたが」

　鳥居元忠と平岩親吉、大久保忠世らが指揮をとっているのだから、落とせぬはずはあるまい。家康はそう思いたかった。

「上田城には二千ばかりでござるが、近くの砥石城に嫡男の信幸が一千余の兵とともに立て籠もっており申す。上田城を包囲すれば、背後をつかれるおそれがございます。それに敵は二つの城に潤沢《じゅんたく》に兵糧をたくわえておりまする」

「それでは鳥居どのは、どうすべきとお考えかな」

本多正信がたずねた。

「小諸城を真田に与えるくらいの大胆な譲歩をして、真田を身方にすべきでござる」

「残念ながら手遅れでござる。真田は越後の上杉と盟約を結んでおります」

「真田昌幸は利に聡《さと》い武将でござる。ひとまず小諸城と佐久《さく》郡を引き渡すと言えば、上杉を見限って身方になりましょう」

「なるほど。ならば鳥居どのに、真田どのとの交渉をしていただいたらいかがでござろうか」

正信が家康に話を向けた。

「真田には上杉勢を追った後に川中島四郡を与えると、すでに約束している。しかも上田城まで築城してやったのじゃ。これ以上譲歩しては、ほかの国衆との釣り合いが取れまい」

「恐れながら笑裏蔵刀《しょうりぞうとう》の策でござる」

笑裏に刀を蔵《かく》す。兵法三十六計のひとつで、敵を攻撃する前に友好的に接して油断させる策のことである。

元忠に小諸城と佐久郡を渡すと持ちかけさせて真田を油断させ、不意をついて上田城を攻め落とせばよい。正信は平然とそう言った。

「真田は上杉と同盟したとはいえ、上杉景勝は関白秀吉に命じられて越中に軍勢をさし向けております。そこでまず北条家に使者を送り、大軍をもって沼田領を攻めてもらいます。さすれば真田は沼田に援軍を送らざるを得なくなり、上田城の守りは手薄になりましょう」

「そこを攻めると申すか」

「いいえ。その時に真田と北条の和議を仲介すると申し出、応じるなら小諸城と佐久郡を渡すと持ちかけるのでござる。窮地におちいった真田が、この申し出に望みを託すようになった頃合いを見計らって、上田城を一気に攻め落とすのでございます」

「さすがは切れ者と評判の本多正信どのでござる。立て板に水のごとき知略でござるな」

武辺者《ぶへんしゃ》の鳥居元忠が、唇をひん曲げて嫌な顔をした。

「しかし世の中は、自分の都合のいいように動いてくれるものではござらん。北条が動き出した頃には越中の佐々は降伏しているかもしれぬし、仲介をしたとて真田は見向きもしてくれぬかもしれません。しかも手間取っていては、身方の国衆がますます動揺するばかりでござる」

動揺の原因は所領で飢饉が起こっていることと、真田昌幸が仕掛けた信玄の孫を奉じて武田を再興するという策に、国衆が望みを託していることだという。

「それゆえ小細工を弄《ろう》している暇などござらぬ。どうしても上田城を攻め落とすとおおせられるなら、殿が陣頭に立って采配《さいはい》をふって下され。さすれば誰もが心をひとつにして戦うはずでござる」

元忠の訴えは現状を鋭くとらえた切実なものだったが、家康には真田にこれ以上譲歩することも、駿府から離れて上田城攻めの指揮をとることもできなかった。

正信の進言通り北条氏政に使者を送って沼田城を攻めてもらい、上田城の動揺を誘って攻めかかる策を取ったが、結果はすべて裏目に出た。

原因のひとつは八月二十三日から大雨が降り始め、二十五日からは風も吹き始めて、出陣ができなかったことである。二十七日は家が損じるほどの暴風雨だったと、松平家忠は日記（『家忠日記』）に記している。

このために小諸城の徳川勢は、沼田領を攻める北条勢に呼応して上田城を攻めることができなかった。しかも北条勢も鉄砲が使えず、沼田城を攻めあぐねていた。

二つ目の原因は、佐々成政が秀吉勢七万の前に戦意を喪失し、八月二十六日に新《に》川《かわ》郡の領有を認めてもらうという条件で降伏したことである。

このため上杉景勝は配下の将兵を春日山《かすがやま》城に急行させ、真田昌幸を支援する態勢をととのえたのだった。

それでも家康は計画通りに事を進め、閏《うるう》八月二日に鳥居元忠、平岩親吉、大久保忠世らに上田城を攻めさせた。ところが真田昌幸の巧みな戦術に翻弄され、千余人を討ち取られる大敗を喫したのだった。

知らせを受けた家康は、衝撃のあまり頭の中が真っ白になった。

「一千余人が、討死だと」

三方ヶ原《みかたがはら》の戦いに匹敵する犠牲者である。しかも真田勢はわずか三千ばかりなのだから、信じられないほどの大敗だった。

「討死した者の多くは、先陣をつとめた国衆でございます。その多くは、退却する際に増水した神川《かんがわ》を渡ろうとして溺死《できし》したのでござる」

服部半蔵の配下が告げたが、これは何の気休めにもならない。むしろ国衆にだけ犠牲を強いたことが、今後の領国経営を難しくするおそれがあった。

（やはり、元忠の言った通りであった）

武田遺臣の国衆たちは、武田家再興を呼びかけられて動揺していたにちがいない。だから鳥居元忠らは彼らを先陣に立てて奮闘させようとしたのだろうが、それが裏目に出たのだった。

家康はさっそく本多正信、酒井忠次ら重臣たちを集めて対応を協議したが、ここで兵を引くことには全員が反対した。

「徳川は国衆ばかりに犠牲を押しつけ、逃げ出したと思われましょう。そうなれば信濃ばかりか甲斐の衆まで、真田や上杉に与《くみ》するおそれがござる」

忠次の意見が危機の深さを言い当てている。今のうちに真田を倒さなければ、信濃一国を失うことになりかねなかった。

家康は井伊直政、大須賀康高《おおすがやすたか》らの精鋭五千を新府城に向かわせた。そして小諸城の軍勢と呼応して上田城を攻めさせようとしたが、これも無残に失敗した。

真田昌幸は上田城に立て籠もるかと思いきや、諏訪《すわ》から上田へと向かった井伊直政らを迎え討つために、依田《よだ》川ぞいの丸子《まるこ》城（長野県上田市腰越《こしごえ》）まで出陣した。

これを見た鳥居元忠らは、真田勢を南北から挟み撃ちにしようと、閏八月二十日に丸子城に向かった。ところが川沿いの狭い道を進軍する間に真田勢に攻撃され、井伊勢と連携が取れないまま敗走したのだった。

家康の背筋に寒気が走った。

元忠や直政ら歴戦の勇将が手もなくやられるようでは、もはや形勢を挽回する手立てはない。しかも真田、上杉の背後には越中から飛騨《ひだ》まで勢力を拡大した秀吉がいるのだから、一気に信濃に攻め込まれるおそれがあった。

家康は追い詰められ、食事も喉を通らなくなった。寝床に入っても不安と後悔がくり返し襲ってきて、眠ることができなかった。

（南無阿弥陀仏《なむあみだぶつ》、南無阿弥陀仏）

声に出さずに念仏をとなえ、心を落ち着けようとする。それでも胸のざわめきは去らなかったが、ある時ふと一本杉の教えが脳裡《のうり》をよぎった。

高い一本杉に登って、手を放す瞑想をする。手を放して何物かに身をゆだねることこそ、執着を去ることだという。

家康は何度か瞑想をくり返し、追い詰められて総毛立っている自分の姿を、少し離れた所から見ることができるようになった。

（穢土に生まれたばかりに、お主も苦労が絶えぬの）

寝床でちぢこまっている自分に声をかけた。

（しかしそれが、この世で生きるということじゃ。結果を問うな。己の信じる道を、一歩でも半歩でも前に進めばよい）

まるで大樹寺《だいじゅじ》の登誉《とうよ》上人が語りかけているようである。あるいは二十年以上も前の教えが、ようやく身についたのかもしれなかった。

翌日、家康は本多正信を呼び、和議の使者として上田城に行くように命じた。

「和議の条件は、いかがなされますか」

「沼田領のかわりに川中島四郡を与えるという約束は必ず守る。小諸城の徳川勢はただちに撤退させ、時機を見て小諸城と佐久郡を真田に与えることにする」

「時機を見てとは、いつでござろうか」

「秀吉どのとの和議が成り、天下が治まってからじゃ」

「降《くだ》られまするか。秀吉の軍門に」

正信がいかにも不服げに眉をひそめた。

「軍門に降るのではない。和睦に応じるのだ。真田とのけりがついたなら上洛すると、石川数正を通じて伝えてある」

「真田とはいろいろ因縁がござる。はたしてその条件で矛を収めてくれましょうか」

「難しいであろう。だからそちに頼むのだ」

「死に番をつとめよ、ということでござるか」

死に番とは死ぬと分かっていながら、敵中に突撃して囮《おとり》になる将兵のことである。

正信は真田昌幸の暗殺を仕組んだ張本人なので、上田城に行ったら有無を言わさず斬り殺される恐れがあった。

「こちらの誠意を見せるには、そちほどの適任はおらぬ。天下を相手に渡り合ってきた手腕を見せてくれ」

「承知いたしました。駿府に来て、殿の知略に磨きがかかったようでございますな」

「わしはこの地で十二年の人質暮らしに耐えてきた。神仏が守って下さっているのかもしれぬ」

「ならばひとつお聞き届けいただきたい。上田城に飢饉の見舞いを持参させて下され」

対面のお礼に千両（約八千万円）、和議に応じたなら後金《あときん》でもう千両。真田昌幸に進呈したいという。

「ずいぶん気前がいいことだな」

「この首がかかっておりますゆえ、物惜しみをしてはおられませぬ。それに大蔵藤《おおくらとう》十郎《じゅうろう》（後の大久保長安《ながやす》）の働きによって、甲州のご金蔵には三万両が貯《たくわ》えてありまする」

結果は吉と出た。本多正信は服部半蔵の工作で秘密裡に昌幸と会い、家康の誓書と見舞金を渡して、秀吉と和議の交渉をしている間は小諸城を攻めない、という約束を取り付けたのである。

家康はただちに鳥居元忠らを撤退させ、甲斐の守りに専念させることにした。そうして九月十五日に浜松城に引き上げ、岡崎城の石川数正に使者を送って秀吉との和談を急ぐように命じたのだった。

第四章

天正大地震

十月二十六日、数正《かずまさ》が秀吉《ひでよし》の意向を伝えるためにやって来た。湖西《こさい》の山々から冷たい風が吹きつける日で、紺色の大紋《だいもん》を着た小柄な武士を従えている。

秀吉の近習《きんじゅ》をつとめる石田三成《いしだみつなり》だった。

「殿、本日は石田治部少輔《じぶしょうゆう》どのに同行していただきました。秀吉公との折衝では、ひとかたならぬお世話になっております」

数正が官名をつけてうやまった。

「石田治部でございます。本日は関白さまのお申し付けにより、石川伯耆守《いしかわほうきのかみ》どのに随行させていただきました」

「久しいな。前に会ったのは確か……」

「三年前、山崎《やまざき》の合戦で逆賊明智光秀《あけちみつひで》を討ち果たしたと伝えに参上した時でございます。三河守《みかわのかみ》さまは鳴海《なるみ》城におられました」

三成は二十六歳になり、少しは分別を身につけたらしい。反《そ》っ歯《ぱ》を神妙に隠し、無礼のないように気を配っていた。

「それで数正、上洛の話はどうじゃ。秀吉どのは和議に応じて下さるか」

「殿に惣無事令《そうぶじれい》に従っていただき、天下に範を示してもらいたいとおおせでございますが、ひとつだけ条件がございます」

「うむ。申すがよい」

「ご上洛の前に、重臣たちの妻子を証人として大坂に送ってもらいたいと」

石川数正がためらいをふり切って秀吉の要求を伝えた。

「証人なら秀康《ひでやす》たちを送っておる。そちの息子も同行しているではないか」

「その時とは状況がちがっております。重臣たちが勝手の振る舞いにおよばぬように、証人を出して関白殿下の意向に従う姿勢を示してもらいたいとのご下命でござる」

「それでは臣従せよということではないか」

「秀吉公は関白になられ、帝《みかど》の意を体《たい》して政《まつりごと》を行っておられます。証人は秀吉公にではなく、帝に差し出すのだとお考え下され」

数正が脂汗を浮かべて説得しようとした。

「帝が政のために人質を取られたことなど、これまで一度もあるまい。そのようなことをすれば、政争には与《くみ》しない立場を貫いてきた朝廷の方針に反するではないか」

「三河守さま、恐れながら」

三成が数正の苦境を見かねて口をはさんだ。

「ご当家のおかれた立場をお考えになれば、そのような議論をしている場合ではないことはお分かりでしょう。信州《しんしゅう》で二度も真田《さなだ》に敗れたゆえ、石川伯耆守どのに上洛の交渉を急ぐように命じられたのではありませんか」

「確かに、その通りじゃ」

「その使命をはたすために伯耆守どのは関白さまの御前《ごぜん》に日参し、和議に応じていただけるよう身命を賭《と》して訴えておられました。しかし、なかなか許しを得られなかったゆえ」

「治部少輔どの、そのことは」

数正があわてて三成を止めようとした。

「いいえ。言わせていただきます。なかなか許しを得られなかったゆえ、重臣から証人を出す条件でどうかと申し出られたのでございます」

「数正、まことか」

「他に手立てがございませんでした。お怒りとあらば、どのような処分も受ける覚悟でございます」

「伯耆守どのは、主家《しゅか》を救いたい一心で奔走しておられました。それをお責めになっては、あまりに気の毒でございましょう」

「分かった。これから重臣たちを集め、この儀をはかることにする」

「かたじけのうござる。中には異を唱える者もおりましょうが、殿のご英断で何とぞ」

重臣たちに妻子を証人に出せと命じてほしいと、数正が薄くなった頭を深々と下げた。

重臣たちから証人を出すかどうか。その是非を決める評定は、十月二十八日の午後から浜松《はままつ》城でおこなわれた。

急きょ集まったのは石川数正、酒井忠次《さかいただつぐ》、石川家成《いえなり》、本多正信《ほんだまさのぶ》ら重鎮たち。甲斐《かい》の守りについていた鳥居元忠《とりいもとただ》、平岩親吉《ひらいわちかよし》、大久保忠世《おおくぼただよ》。新府《しんぷ》城にいた井伊直政《いいなおまさ》、大須賀康高《おおすがやすたか》。

家康の馬廻《うままわ》り衆《しゅう》をつとめる本多忠勝《ただかつ》や榊原康政《さかきばらやすまさ》。そして国衆《くにしゅう》として深溝《ふこうず》を領する松平家忠《まつだいらいえただ》や、家康の娘婿である奥平信昌《おくだいらのぶまさ》など、四十名近くにのぼった。

「本日は急な招集にもかかわらず、お集まりいただきかたじけのうございます」

進行役は松平康忠がつとめた。

「殿は以前から石川数正どのを大坂につかわし、秀吉公との交渉を進めておられました。このたび秀吉公から和議を結びたいとの申し入れがありましたので、その是非についてご判断をいただきとうございます。それでは数正どの」

康忠にうながされて、石川数正が秀吉との交渉のいきさつを説明した。

数正の計らいで特別に出席を許された石田三成も、末席にかしこまって控えていた。

「当家がおかれた状況については、皆さまもご存じの通りでござる。この窮地を脱するには、秀吉公と和議を結ぶしかないと殿もご決断なされ、それがしに和談を急ぐようにお命じになったのでござる」

家康の命令であることを強調してから、数正は重臣たちから証人を出すという条件で和談がまとまったことを伝えた。

「とりあえず重臣の方々十五名の証人を、それがしが岡崎《おかざき》城で預からせていただきます。そうして秀吉公のご下命があり次第、大坂に移っていただくことにいたします」

「ひとつたずねたい。和議の条件は決まっているのであろうか」

筆頭家老の酒井忠次が真っ先に口を開いた。

「三河、遠江《とおとうみ》、駿河《するが》については今まで通り。甲斐、信濃《しなの》の領有については、殿が上洛なされた折に話し合うということでござる」

「それは両国を手放すということか」

「そうではござらぬ。秀吉公は本能寺《ほんのうじ》の変以前の勢力を基準とし、それ以後の国分けは関白の権限によっておこなう方針を取っておられるのでござる」

「それでは甲斐、信濃を没収されても文句は言えぬということではないか。こんな話を、殿は何ゆえ承諾されたのでござろうか」

「数正からつぶさに話を聞いたが、秀吉公は両国を没収すると言っておられるのではない。どうすれば甲斐、信濃が穏便に治まるか、話し合いたいとおおせなのだ」

「証人を差し出し、わずかな供を連れただけで上洛するのでございましょう。その上で話し合っても、こちらの意見が容《い》れられることはありますまい。場合によっては、お命さえ危うくなるかもしれませぬ。のう、方々」

忠次が声をかけると、皆が険しい目をしてうなずいた。

中でも上田《うえだ》城攻めに失敗した鳥居元忠や平岩親吉らは、とうてい承服できぬと言いたげな殺気立った表情をしていた。

「昨今の状況を考えれば、これ以上戦をつづけても挽回できる見込みはあるまい。家臣、領民を苦しませた揚げ句、家も国も失うことになりかねぬのだ」

「殿、それで武士の一分《いちぶん》が立ちましょうか」

元忠は怒りと悔しさに目を真っ赤にしていた。

「我らはこの二十五年、殿を守るために戦って参り申した。それは家を建て国を得たいがためではござらぬ。殿を守《も》り立て、天下に名をなすためでござる」

それなのにここで秀吉の軍門に降《くだ》っては、夢も志もかなぐり捨てることになる。殿にそんな生き方をさせては、死んでいった者たちに合わせる顔がないではないか。

元忠は涙をはらはらと流しながらそう訴えた。

「殿、鳥居どののおおせの通りでござる」

大久保忠世が脇差《わきざし》を膝の前において鯉口《こいぐち》を切った。

「上田城を落とせなかったのは、我らの落ち度でござる。そのために殿が不本意な決断をなされたとすれば、我らはもはや武士の面《つら》をして外を歩くことはできませぬ。どうかこの場で腹を切れと、お申し付けいただきたい」

「それがしも」

「それがしも」

井伊直政と大須賀康高が即座に脇差を差し出し、他の全員がそれにならった。

「お待ち下され」

数正がたまりかねて立ち上がった。

「秀吉公はすでに関白になられ、帝《みかど》の勅命を得て天下統一を推し進めておられます。これに何をもって大義とし、誰を身方《みかた》として戦われるおつもりか。このままではやがて孤立し、武田《たけだ》家と同じ運命をたどることになりまするぞ」

石川数正は天下の情勢に通じている。秀吉の実力を誰よりも良く知っている者の一人だが、その言葉は皆の心に届かなかった。

反感のこもった鋭い視線をあびせられ、孤立を深めていくばかりだった。

「ただ今、北条美濃守氏規《ほうじょうみののかみうじのり》さまのご使者が参られました」

取り次ぎ役が敷居の外に平伏して告げた。

「用件は」

「当家に一味同心を誓う重臣の方々の起請文《きしようもん》を、持参された由《よし》にございます」

それを聞いた数正は、怒りに目を吊り上げて本多正信をにらんだ。

「弥八郎《やはちろう》、これはおのれの仕業だな」

「さて、何のことやら」

数正嫌いの正信は、この馬鹿がと言わんばかりにそっぽを向いた。

「おのれが皆に根回しをして、和談を潰しにかかったのであろう」

「数正、それはちがうぞ」

石川家成が甥の数正をたしなめた。

「誰に言われずとも、我らは殿のために命をなげだしておる。それゆえ不本意な生き方をしていただきたくはないのじゃ」

「ならば何ゆえ、この時を見計らったように北条家の使者が来るのですか」

「わしが北条家と交渉し、重臣方の起請文を出してもらうことにした。信濃での戦いを有利にするためじゃが、今日になってしもうたようじゃ」

結局、証人の差し出しは拒否することで一決した。和議を進めようとしていた家康としては意外であり、石川数正を見殺しにするような結果になったが、重臣たちの総意をくつがえすことはできなかった。

この日のことを、松平家忠は日記（『家忠日記』）に次のように記している。

〈城へ出仕候。上（関白）へ御質物（人質）御出《おだし》候て能《よく》候ハんか、又御出し候ハて（で）よく候ハんかと之《の》御談合にて候。各国衆同意ニ質物御出し候事不可然之由《しかるべからずのよし》申上候〉

関白に人質を出すことは是か非か皆で話し合い、出すことはできないと家康に伝えたというのである。

これにつづいて北条家の家老衆二十人の起請文が来たので、当方の重臣たちも起請文を出して同心を誓ったと記している。

家康は重臣たちに押し切られた形で、北条家と同盟して秀吉と対決する道を選んだのだった。

評定の後、家康は松平康忠を呼んで進行役をつとめた労をねぎらった。

侍女が運んだ折敷《おしき》には、八丁味噌《はっちょうみそ》とさといもを蒸した衣《きぬ》かつぎが載せてあった。

「これは江川酒《えがわざけ》といって、伊豆《いず》韮山《にらやま》の江川太郎左衛門《たろうざえもん》家で醸《かも》したものだ。北条氏規どのが使者に託して届けて下された」

家康は大ぶりの徳利に入った酒を手ずから注《つ》いでやった。

「名酒との噂は、聞いたことがありますが」

康忠がうやうやしくいただき、あまりのうまさにうっとりとした顔をした。

家康も青磁の茶碗に注ぎ、口にふくんで味と香りを確かめた。鼻に抜ける甘みのある香りと、喉ごしのさわやかさが格別だった。

「さすがに見事だ。このような酒のつまみには、さといもと八丁味噌が何よりだ」

「さようでございますな。おおせられた働きもせで、このようなご配慮をいただきかたじけのうございます」

家康は康忠に、証人を出す方向に皆の話をまとめるように事前に申し付けていた。ところが何もできないうちに否決されてしまったのである。

「そのことだが、何か心当たりはないか」

「心当たり、とおおせられると」

「皆がこぞって反対したのは、本多正信が根回しをしたからだと数正は疑っておった。そのことについて、そちはどう思う」

「それはあるまいと存じます。誰もが何のために招集されたか分からぬまま馳《は》せ参じましたゆえ、根回しをする時間などなかったはずでございます」

「ならば、あれが皆の本音ということだな」

家康は再び酒を口にした。味は申し分ないのにほろ苦いのは、主君とはいえ家中を意のままにできない現実を突きつけられたからだった。

翌日から家康は、秀吉との対決にそなえて矢継ぎ早に手を打ちはじめた。

まず兵糧《ひょうろう》と弾薬の確保を急がせた。次に甲斐、信濃の国衆の所領を安堵し、出陣の仕度金を配って身方につなぎ止めようとした。

また秀吉の背後をおびやかすために、薩摩の島津《しまづ》義久《よしひさ》と連携の強化をはかった。

島津家の中には秀吉と結ぶべきだという意見もあったが、当主の義久は秀吉が家康と対峙《たいじ》している間に九州を制圧し、東西から秀吉を挟み撃ちにする戦略を選んだのだった。

異変は十一月十四日の未明に起こった。

「殿、岡崎からの急使でございます」

近習に告げられて廻《まわ》り縁《えん》に出ると、かがり火に照らされて鎧《よろい》をまとった使い番が平伏していた。馬の尻を叩きに叩いて急行してきたらしく、大きく息をはずませていた。

「本多作左衛門重次《さくざえもんしげつぐ》の使者でございます。昨日の早朝、石川伯耆守数正さまが出奔なされました」

「出奔とは、どういうことじゃ」

「一族郎党二百人ばかりを引き連れ、尾張《おわり》の織田信雄《おだのぶかつ》さまのもとに身を寄せられたようでございます」

「馬鹿な。何ゆえ数正が……」

家康は悪夢でも見ている気がした。理屈は分からないでもない。証人を出すことを否決された数正は面目を失い、徳川家にはいられないと思ったのだろう。

だが譜代の重臣がそんなことをするはずがあるかと、心の中で悲鳴を上げていた。

「伯耆守さまは、小笠原貞慶《おがさわらさだよし》どのの人質である幸松丸《こうまつまる》を伴っておられます。小笠原どのと示し合わせての寝返りであろうと、作左衛門は申しております」

「あの数正が、寝返ったか」

闇に閉ざされた天を、家康は茫然《ぼうぜん》とあおいだ。深志《ふかし》城の貞慶までが秀吉方になったのなら、もはや信濃を維持する手立てはない。しかも秀吉は早晩、石川数正を先陣にして三河に攻め込んでくるはずだった。

家康は即座に吉田《よしだ》城の酒井忠次に使者を送り、配下の三河衆をひきいて岡崎に行き、本多重次らと対応を協議するように命じた。

翌十五日には旗本一千余騎をひきいて浜松城を出立し、十六日の正午過ぎに岡崎城に着いた。

大手門では忠次や重次、松平家忠らが緊張した面持ちで出迎えた。

「立ち退いた人数は」

家康はまずそれを確かめた。

「一族郎党は二百人ばかりでござるが、ゆかりの国衆十二人、家族や手勢三百人ばかりが行動を共にしております」

忠次がその者たちの名簿を差し出した。

十日ほど前から、熱田《あつた》神宮に参拝するという名目で抜け抜けに三河を出て、尾張で落ち合ったようだという。

「岡崎城の金蔵や煙硝蔵《えんしょうぐら》は」

「そちらは無事でござる。盗っ人のような真似をしては、三河武士の体面に関わると思われたのでござろう」

「数正はなぜ寝返った。作左、何か心当たりはあるか」

「証人のことを否決されたのが痛手だったのでございましょう。大坂での交渉を終えてもどられた時には、これで主家は安泰だと喜んでおられましたので」

本多作左衛門重次は三河奉行をつとめる譜代の重臣である。家康が秀康を大坂に人質に出した時には、嫡男仙千代《せんちよ》を同行させていた。

「ともかく皆を集めよ。今後のことについて申し渡すことがある」

本丸御殿の大広間に集まったのは本多重次、高力清長《こうりききよなが》、天野康景《あまのやすかげ》ら二十人ばかりである。

重次は五十七歳、清長は五十六歳、康景は四十九歳で、岡崎三奉行と呼ばれて三河の統治に当たっている。俗謡に「仏高力、鬼作左、どちへんなきは天野三兵《さんぺい》（三郎兵衛《さぶろべえ》）」と歌われたほど領民に親しまれた為政者である。

彼らの上司として三河一国を差配していたのが石川数正だから、彼の出奔が家中に与えた衝撃ははかり知れないほど大きかった。

「当家は存亡の機《とき》に立たされておる。これを乗り切るには、皆が一丸となって力を尽くすしかない」

家康は決意をこめた目で一人一人を見回し、自分が陣頭に立って指揮をとると告げた。

「まず行うべきはこの城の改修だ。指揮は酒井忠次と松平家忠にとってもらう」

岡崎城の詳細な情報が数正から秀吉方に伝われば、城の機能は無力になる。合戦が始まるまでに門の位置や虎口《ここう》の仕掛け、通路の配置や櫓《やぐら》の構えなど、すべてにわたって造り替えなければならなかった。

「軍勢の編成も変えねばならぬ。これは井伊直政と大須賀康高に、武田の赤備え黒備えを手本にして作ってもらう」

弓、槍、鉄砲、騎馬などの編成が秀吉方に筒抜けになれば、容易に対抗策を練り上げられる。それを防ぐには、秀吉方の諸将が戦ったことがない甲州《こうしゅう》流の軍学を用いるのがもっとも有効だった。

「家臣や国衆の中には、ひそかに数正に通じている者がいるかもしれぬ。重次ら岡崎三奉行は、一村以上の所領を持つすべての者に、起請文と人質を出すように命じてくれ」

これは数正が敵の先陣として攻めて来た時、内通を防ぐための措置である。それ以外にも備えなければならないことは山ほどあって、皆が忙殺されることになったのだった。

十一月十七日、岡崎城の家康の元に高遠《たかとお》城の保科正直《ほしなまさなお》から使者が来た。小笠原貞慶から関白秀吉の命令に従うように通告があったという。

「『信濃の儀は小笠原の差配に任せると、関白殿下がお申し付けである。それゆえ以後は、小笠原貞慶の命令に従うように。さもなければ大軍を差し向ける』と申しております」

使者が逼迫《ひっぱく》した口調で告げた。

秀吉方となった小笠原貞慶は、この機会に信濃の盟主の地位を手に入れようと動き始めたのだった。

三日後、服部半蔵が久々にやって来た。

「まんまと石川数正どのを盗《と》られてしまいましたな」

半蔵は家康と同年なので四十四歳になる。それでもいまだに敵地に潜入して忍び働きをつづけていた。

「わしが数正を守ってやれなかった。証人を出すことを皆が拒んだゆえ、数正の立つ瀬がなくなったのじゃ」

「それがしは数正どのが寝返られたゆえ、小笠原貞慶も関白方についたのだろうと考えておりました。ところがちがうようでございます」

「何が、どうちがうのじゃ」

「深志城下の様子をさぐっていたところ、十月初めから他国の使者がしきりに城に出入りしておりました。そのうちの何人かは真田家の者でしたが、放下僧《ほうかそう》に身を替えた上方《かみがた》の者もいたのでございます」

「秀吉どのの使者ということか」

「小笠原貞慶はその頃から、関白や真田と連絡を取り合っていたようでございます」

　そしておそらく十月二十日頃には、秀吉方になって真田昌幸とともに戦うことに決めたのだろう。半蔵はそう察していた。

「何ゆえ、そう思う」

「その頃から真田や上方の使者が、深志城下に来なくなったからでござる」

半蔵の見込みは正鵠《せいこく》を射ていた。

長野県立歴史館等が所蔵する『信濃史料』の第十六巻に、秀吉が真田昌幸にあてた十月十七日付の書状が収録されている。

その中で秀吉は「その方進退の儀、何の道にも迷惑せざる様に申し付くべく候の間、心易かるべく候。小笠原右近大夫《うこんのたいふ》（貞慶）といよいよ申し談じ、越度《おちど》なき様にその覚悟尤《もっと》もに候」と記しているのである。

「すると小笠原が数正に引きずられたのではなく、数正が小笠原に引きずられて出奔したということか」

「小笠原が寝返るに当たって案じたのは、数正どのに預けている嫡男幸松丸のことだったと思われます」

「そこで秀吉どのは、幸松丸とともに数正を出奔させようと仕組まれたわけか」

「そのように見立てたのでござるが、うがちすぎでございましょうか」

「いや、その通りかもしれぬ」

数正は使者として何度も大坂におもむき、秀吉に徐々に取り込まれていた。

そんな時、小笠原貞慶が寝返ったと聞き、人質の幸松丸を助けてやれと秀吉から命じられたらどうだろう。状況は家康が圧倒的に不利なのだから、これを拒否して交渉の席を立つことはできなかったにちがいない。

残された道は秀吉との和議をまとめ、その条件のひとつとして幸松丸を引き渡すことしかなかっただろう。しかし秀吉が難色を示したために、重臣たちから証人を出すところまで譲歩せざるを得なくなった。

自分からそう望んだのではなく、石田三成あたりに入れ知恵されて申し出るように仕向けられ、責任を一身に負わされたのだろう。

秀吉としては徳川家の重臣たちから人質をとって家康を従わせれば、天下への面目が立つ。たとえ拒否されても、数正を身方に取り込むことができれば次の手が打ちやすい。

そんな両面作戦を立て、数正を取り逃がすことのないように石田三成を監視役として家康の元に同行させたのである。

「王手飛車取りか……」

それにしても数正はなぜ、腹を割って小笠原の裏切りや幸松丸のことを話してくれなかったのか。三十年以上にもなる主従の信頼が、秀吉の計略によって無残に踏みにじられたと思うと、家康は言いようのない憤りを覚えた。

かつて伯父の水野信元は織田信長の、息子の信康《のぶやす》は武田勝頼《かつより》の、周到な計略にはまって自害に追い込まれた。

その時の無念と怒りが秀吉のやり口への腹立ちとあいまって、このままではすまさぬという対抗心を生んだのだった。


服部半蔵の来訪から八日後、織田信雄の使者がやって来た。

使者の筆頭は信長の弟で茶人としても有名な織田有楽斎長益《うらくさいながます》。護衛の役は以前にも来た滝川雄利と、犬山《いぬやま》城主に任じられている土方雄久《ひじかたかつひさ》がつとめていた。

「三河守どの、本日は信雄に命じられて関白殿下との和議を勧めに参りました」

長益は宗匠《そうしよう》頭巾をかぶり、朽葉《くちば》色の道服を着ていた。

千利休の高弟の一人であり、ジョアンという洗礼名を持つキリシタンである。

本能寺の変の後は甥の信雄に仕え、茶道の人脈を生かして秀吉や諸大名との折衝に当たっている。歳は家康の五つ下だが、茶人らしい枯淡の風格を身につけていた。

「石川数正のことは聞きました。三河守どのはさぞお腹立ちでござろうが、数正にも引くに引けない事情があったようでござる」

「それがしもそのように聞いております」

家康は茶も出さず、感情を消したガラス玉のような目で長益を凝視した。

「このまま関白殿下との争いをつづければ、徳川家の先行きも危うくなりましょう。信雄はそのことを案じておりましてな。何とか三河守どのを説得してほしいと、拙者に泣きついてきたのでござる」

「小牧《こまき》、長久手《ながくて》の戦の前には、秀吉どのを討ち果たしてほしいと、それがしに泣きついて参られた。亡き信長公の御恩に報いるために、それがしは織田幕府の樹立をめざして兵を挙げ申したが、結果はご存じの通りでござる」

「おおせの通り、信雄には才覚がございません。それなのに兄信長の子ゆえ、織田家を継いで天下を治めよと迫られる。本人もその重圧に苦しんで右往左往しておりましたが、関白殿下の臣下になることでようやく心の平安を得たようでござる。いささか御無礼ながら」

長益は懐から細長い袋を取り出した。

中から引き出したのは、銀の吸い口と雁首《がんくび》をつけたキセルである。そうして点前《てまえ》でもするような上品な手付きでタバコを詰め、懐炉の炭で火をつけた。

タバコはポルトガル人が堺《さかい》に伝えたもので、茶人の間では茶席のもてなしに使うほど愛好されていた。

「近頃はこれがないと落ち着きませぬ。困ったものでござる」

長益はいかにも旨《うま》そうにタバコを吸い、あらぬ方を見やって鼻から煙を吐き出した。

喫煙によって間合いを取り、織田長益は何かを言わせたがっているようである。

そうと察した家康は、煙を二、三度手で払い、頑《かたく》なに口を閉ざしていた。

「和議の条件は石川数正が伝えたのと同じでござる。信雄の顔を立てて、何とか応じていただけませぬか」

「重臣たちから証人を出すのも、同じでござろうか」

「さよう」

「ならば無理でござる。当家には偏屈な田舎者ばかりがそろっておりまして、全員が証人を出さぬと言い張っております」

「それは三河守どののお力で、何とでもなるのではございませんか」

長益は深々とキセルを吸うと、雁首のタバコを懐炉に落とし、香のように焚《た》きつてから道具を仕舞った。

「主従が対等に物を言い合うのが当家の家風でござる。それがしの一存で決められるなら、石川数正を失うこともなかったでしょう」

「どうあっても、和議には応じぬとおおせられるか」

「応じないのではない。重臣の証人の件を取り下げていただかなければ、応じられないのでござる」

家康はすでに秀吉と戦う腹を固めていたが、交渉の余地を残しておこうとした。

「関白殿下は天下の軍勢を動かす力と大義名分を持っておられます。戦って勝てるとお思いですか」

「思っておりません」

「これは驚いた。滅亡を覚悟で刃向かうとおおせられるか」

「武士の一分が立たぬと、重臣どもが申しましてな。その思いを成就してやるのも、

「三河守どの、よろしいか」

武辺者の滝川雄利が、威圧するように家康をにらみ据えた。

「ご当家との戦いとなれば、我らは石川数正どのの案内で三河に攻め込みまする。同時に小笠原貞慶どのを先陣として、北陸勢三万が信濃から攻め下る手筈をととのえており申す。万が一にも勝ち目はございませぬぞ」

「長益どの、ご足労は有り難く存じますが、これ以上話すことはござらぬ。日の暮れぬうちにお引き取りいただきたい」

家康はそう言うなり席を立ち、交渉を打ち切ったのだった。

織田長益らの一行が立ち去って程なく、伊豆の北条氏規から使者が来た。家康が石川数正の出奔と三河の状況を伝えたのに応じ、窮状を気遣う書状を送ってきたのである。

「かたじけない。すでに対処を終え、秀吉との合戦に備えて万全の態勢をととのえておるゆえ、ご安心下されと伝えてくれ」

家康は氏規あての書状を手早くしたため、先日の江川酒のお礼に八丁味噌を持たせて使者を帰した。

実を言えば万全などという状態にはほど遠い。長益らの対応に気が立っていたのでつい素っ気ない態度を取ったが、そのことが翌日になっても気になった。

氏規は親身になって心配してくれているし、北条家との同盟だけが今や頼みの綱である。このままでは駄目だと思い返し、夕餉《ゆうげ》の後に改めて氏規への書状をしたためることにした。

「態《わざ》と一筆啓上申し上げ候。昨日は昵懇《じっこん》の書状をいただき、厚く御礼申し上げ候」

そう記した後、十一月十六日に岡崎城に来てからのことをつぶさに記した。

「十余年前に浜松城に移って以来、三河のことは石川数正に任せてきました。その重臣に去られたことは右腕を失ったに等しい痛手ですが、覆水盆に返らずのことわざの通りです。当方の備えが秀吉方に筒抜けになると覚悟し、岡崎城の改修や軍勢の編成替えを取り急ぎおこなっております。また数正への内通を防ぐために、三河の国衆から起請文と人質を出させて、何とか落ち着きを取りもどしたところです」

文机《ふづくえ》の脇に行灯《あんどん》を置き、薄暗い明かりに照らされて筆を走らせていると、心がしんと静まって素直に今の状況と向き合える気持ちになった。

「以前の書状で、数正は小笠原貞慶と示し合わせて出奔したとお知らせしましたが、服部半蔵の知らせで先に寝返ったのは小笠原だということが分かりました。数正は小笠原の人質を引き渡すように秀吉から迫られ、秀吉と当家の和談をまとめるしかない立場に追い込まれたようです。それを誰にも打ち明けられないまま出奔の決断をしたのかと思うと、秀吉のやり口の巧妙さと汚さに腹の底から怒りがわき上がってきました。昨日、織田有楽どのを使者として改めて和議を申し入れて……」

そこまで書いた時、突然下からどんと突き上げる衝撃があった。次に激しい横揺れがきて、右に左に体を揺さぶられた。

（地震《なえ》だ）

家康は反射的に立ち上がろうとしたが、両足がすくわれたようで後ろに尻餅をついた。

揺れはさらに激しくなり、文机が右に飛び、さらに左に飛びもどって、行灯を突き倒して壁にぶつかった。

行灯が倒れたまま燃えている。消さなければと思って立ち上がろうとしたが、左右に揺れつづけるので手足が萎《な》えたようで腰を上げることができなかった。その間にも火は行灯全体に燃え広がっている。

「地震だ。大きいぞ、出会え」

家康が大声を上げて助けを呼んだ時、縁側の雨戸がいっせいに倒れ、障子戸を突き破って部屋に飛び込んできた。その下では行灯が燃えている。このままでは火事になると、家康は懸命に立ち上がった。

足元がふるいにかけられたように小刻みに左右に揺れる。家康は神影流《しんかげ》の剣術で鍛えた足さばきで揺れに打ち克《か》ち、倒れた雨戸と障子戸を庭に押し出そうとした。

ところが雨戸は閂《かんぬき》を鎖《さ》したまま六枚つづきで倒れているので、一人の力では押し出すことができなかった。

「殿、大事ございませぬか」

松平康忠が二人の配下を従えて駆け付けた。

「雨戸を庭に押し出せ。手分けして押せ」

三人は家康に命じられた通りにしたが、楯《たて》にできるほど頑丈な六枚つづきの重い雨戸は動かない。その間にも行灯の火は障子戸を燃やし、雨戸に燃え移ろうとしていた。

「康忠、皆で雨戸を支えて立てよ」

家康は縁側に雨戸を立てさせ、長押《なげし》にかけた十文字槍で閂を突き切った。

雨戸の合わせ目がはずれたところを、康忠らが庭に突き落とした。燃えている障子戸と行灯も、文机を楯のように使って外に押し出した。

夕方から降り始めていた雪は、亥《い》の刻（午後十時）になって五寸（約十五センチ）ばかりに積もっている。やわらかくふんわりと積もった雪の上で、燃えさかる障子戸は徐々に下火になっていった。

「城内は大事ないか。すぐに見廻りの者を手配せよ」

「本多重次どの、高力清長どのが手配しておられます」

康忠が答えた時、再び揺れがきた。主従四人とも横になぎ倒されたほどの揺れで、天守閣の屋根から雪崩《なだれ》のように雪が滑り落ちた。

屋根に積もった雪が落ちると見えた瞬間、
グァラグァラグァラ
何千個もの陶器が割れるような凄まじい音がした。

落ちたのは雪だけではない。三層の天守閣の瓦がすべて落ち、地面に叩きつけられて地響きとともにくだけ散った。

「大事ない。瓦は落ちるように作られておる」

瓦の重みで天守閣が潰れないように、大きな地震の時には落ちるようにしてある。

家康はそれを知っていた。

「殿、奥御殿が傾き、煙が上がっております」

見廻りの者が松明《たいまつ》を手に庭先に駆け込んできた。

「な、何だと」

家康は足袋裸足《たびはだし》で庭に飛び下りた。

本丸御殿は政庁となっている表御殿と、家康の家族が住む奥御殿が棟つづきになっている。以前は嫡男信康と妻の徳《とく》姫（織田信長の長女）が住んでいた。

ところが六年前に信康が切腹し、翌年に徳姫が織田家にもどってからは、娘の登《と》久《く》姫と熊《くま》姫が侍女に守られて住んでいた。

家康は二人を浜松城に引き取ろうとしたが、住み慣れた岡崎城に残りたいと言うので、石川数正に世話を頼んだ。登久姫は十歳、熊姫は九歳になる。家康の大事な孫だった。

奥御殿は上から押し潰されたようになり、表御殿にもたれかかるようにしてかろうじて立っていた。

登久姫と熊姫が住んでいるのは一番奥。もっとも被害が大きな場所だった。

「お登久、お熊……」

雪をかぶった屋根がひしゃげ、白い煙が上がるのを、家康は茫然とながめた。

揺れはまだおさまっていない。見廻り役の数人が、どうしたものか決めかねて立ち尽くしていた。

「わしが行く。松明を貸せ」

家康は見廻りの者から松明を引ったくって奥御殿に入ろうとした。

「殿、お待ち下され」

康忠が引き止めた。まだ大揺れが来るおそれがある。しかも火が回っているようなので、自分が中に入るという。

「馬鹿者、わしの可愛《かわい》い孫だぞ」

助けなければ死なせた信康に合わす顔がないと、家康は十文字槍と松明を手にして駆け出した。

「ならばそれがしが、松明を持って先導いたします」

松平康忠は家康の手から松明をもぎ取って奥御殿に踏み込んだ。表に近い方は柱がかしいだ程度だが、奥に行くにつれて横倒しになり、腰をかがめてしか歩けなかった。

「お登久、お熊、どこにいる」

家康は今にも崩れそうな天井や梁《はり》を押し上げるようにして先へ進んだ。

「お登久、わしだ。聞こえたら返事をしろ」

奥へ進むにつれて煙が充満している。康忠はそれを避けて腰を低くかがめ、松明を突き出すようにして進んでいく。

「ここです。お爺さま、お熊もいます」

左手の部屋から登久姫の気丈な声がした。

柱が横倒しになり屋根がひしゃげて、やっと通れるほどの隙間しかなかった。

康忠につづいて家康も中に入った。煙におおわれた部屋の片隅に、登久姫と熊姫が抱き合うように身を寄せて一点を凝視している。

視線の先に崩れ落ちた大きな梁があり、老女が下敷きになっていた。それを助けようと、二人の侍女が髪ふり乱して梁を動かそうとしている。

火の手は隣の部屋で上がったようで、長押の隙間から黒煙が流れ込んでいた。

「何をしている。早く二人を外へ連れ出さぬか」

老女を助けたいのは分かる。だがこうした場合、登久姫と熊姫の安全を真っ先にはかるのが侍女の役目だった。

「そのように申し上げたのですが、お菊《きく》どのを置いては行かれぬと、お二人がおおせられるのでございます」

だから槍の柄を梁の下に差し入れ、二人がかりで持ち上げようとしていたのだった。

「何と身勝手な……」

家康は鋭い目で二人をにらんだ。

命を大事にするのは自分のためだけではない。家や家臣、領民を守るためだと叱りつけようとしたが、震えながら踏みとどまっている二人を見ると、健気《けなげ》さに心を打たれた。

「康忠、手伝え」

家康は十文字槍を梁の下に差し入れ、二人の侍女と力を合わせて持ち上げた。その間に康忠がお菊を引き出し、横にして抱え上げた。

「お怪我《けが》は、ございませぬか」

「はい。早く、姫《ひい》さま方を」

連れ出してくれと、お菊が泣くようにして訴えた。

「お登久、お熊、つかまれ」

家康は二人を両腕に抱き上げ、首にしがみついているように言った。

「お爺さま、ごめんなさい。でも、お菊が」

「話は後だ。しっかりとつかまっておれ」

奥御殿の勝手を知った侍女が、松明を持って先導していく。家康は孫たちを抱いて腰をかがめ、ひしゃげた御殿の縁側に出て庭へと脱出した。

幸い二人に怪我はない。梁の下敷きになったお菊も、腰の打撲程度ですんだようだった。

「そなたは……」

家康は初めてお菊の顔を見て、徳姫の乳母だと気付いた。

徳姫は岡崎城を去る時、娘たちの世話をするようにお菊を残していったのである。登久姫と熊姫にとっては、母親につながるたった一人の身内だった。

「そうか。無事で何よりだ」

危険もかえりみずに踏みとどまった孫たちの心情を察すると、家康の胸に熱いものがこみ上げ、金輪際叱ったりするまいと思い直したのだった。

地震はしばらくしておさまった。家康は全員を城の東側の三の丸と菅生曲輪《すごうぐるわ》に避難させ、火を焚いて暖を取りながら夜明けを待つように命じた。

震源地は尾張方面のようである。それに城の西には矢作川《やはぎ》が流れていて、津波が起これば城下まで逆流してくるおそれがある。東に避難させたのは、そう考えてのことだった。

誰もが寒さに耐えながら夜を過ごしていると、丑《うし》の刻（午前二時）に二度目の大地震に襲われた。立っていられないほどの激しい横揺れだったが、幸い岡崎城にそれ以上の被害はなく、矢作川の逆流も起こらなかった。

この地震について、松平家忠は日記（『家忠日記』）に次のように記している。

〈廿九日、雪降、大なへ亥の刻ゆる、前後おほ（ぼ）へ候ハぬ由申し鳴《なき》候。こゆりハかすをしらす。

晦日《みそか》、なへゆる、丑の刻ニ又大なへゆる〉

「前後覚え候わぬ由を申して鳴（泣）」いたのは、家忠の妻か娘だろうと思われる。

この大地震は中部地方から近畿地方にかけて甚大な被害をもたらしたが、家康の領国にはそれほど大きな被害はなかった。

このため秀吉との対決において劣勢に立たされていた家康は、かろうじて窮地を脱することができたのだった。


地震の日の夜、秀吉は近江《おうみ》の坂本《さかもと》城にいた。

石川数正を手に入れた直後の十一月十九日、秀吉は諸大名に家康を成敗すると通達した。そして自ら出陣して決着をつけようと坂本城に移り、弟の羽柴秀長《はしばひでなが》や甥の三好《みよし》秀次らに軍勢をひきいて参集するように命じた。

その数およそ五万。これに織田信雄の兵二万余を加え、数正を案内役として三河に侵攻する。

同時に北陸からは前田利家《まえだとしいえ》、上杉景勝らの兵四万が、小笠原貞慶、真田昌幸らを先陣として三河や遠江に攻め込む予定だった。

総勢十一万にのぼるのだから、この作戦が発動していたなら家康の命脈は断たれていただろう。ところが出陣直前に起こった天災が、辛《から》くも家康と徳川家を救ったのである。

後に天正大地震と呼ばれるこの震災の状況と、各地の被害について俯瞰《ふかん》しておきたい。この地震がなぜ秀吉の対家康政策を一変させたかを知るには、その痛手の深刻さを知っておく必要があるからだ。

以下の記述は、主に寒川旭《さんがわあきら》博士の『秀吉を襲った大地震』（平凡社新書）を参考にしたことを明記し、謝意を表させていただきたい。

震源域は中部地方から近畿地方にかけての一帯で、フィリピン海プレートに押された断層が横にずれ、マグニチュード八の地震を起こしたと推定されている。

中でも大きな被害をもたらしたのは、岐阜県中津川《なかつがわ》市から下呂《げろ》市にかけて走る「阿寺《あてら》断層帯」、その北側から富山方面に向かう「庄川《しょうかわ》断層帯」。そして濃尾《のうび》平野の西側の養老《ようろう》山地から三重県の四日市《よっかいち》市につづく「養老―桑名―四日市断層帯」である。

このため愛知県、岐阜県、富山県、石川県、福井県、滋賀県などの広い範囲が大きな被害を受けたのだった。

秀吉がいた坂本城の背後には、琵琶湖《びわこ》西岸断層帯と花折《はなおれ》断層帯が走っている。このため震度五強の地震に襲われ、秀吉は即座に大坂城に引き上げた。大坂城でも建物の下敷きにならないように屋外で過ごしたほどだった。

直撃を受けたのは、織田信雄の伊勢長島《いせながしま》城である。

木曽《きそ》川河口の中洲《なかす》である伊勢長島に建てた城は、地震の揺れと地面の液状化現象によって倒壊し、直後に起こった津波に襲われて跡形もなく消え去った。

清洲《きよす》城のまわりも液状化が激しく、修復するには一メートルちかい盛り土をしなければならないほどだった。

秀吉の居城だった近江の長浜《ながはま》城も倒壊した。

当時の城は現在復元されている長浜城よりもう少し琵琶湖にせり出した位置にあり、地震の揺れと地面の液状化、琵琶湖から打ち寄せる大波の被害をまともに受けた。

しかも地震の後に火災が発生し、城下町の大半を焼き尽くしたのである。

この時、城主をつとめていたのは山内一豊《やまのうちかずとよ》だが、本人は都にいて無事だった。ところが妻や家族が被災し、長女の与禰《よね》が倒れた家の下敷きになって他界した。長浜城の北西に位置する若狭国《わかさのくに》の小浜《おばま》や長浜（小浜市高浜《たかはま》町）も、若狭湾で発生した津波によって大きな被害を受けた。

その様子についてルイス・フロイスは『日本史』（『完訳フロイス日本史』中公文庫）の中で次のように記している。

〈若狭の国には海に沿って、やはり長浜と称する別の大きい町があった。（中略）その地が数日間揺れ動いた後、海が荒れ立ち、高い山にも似た大波が、遠くから恐るべき唸《うな》りを発しながら猛烈な勢いで押し寄せてその町に襲いかかり、ほとんど痕跡を留《とど》めないまでに破壊してしまった。高潮が引き返す時には、大量の家屋と男女の人々を連れ去り、その地は塩水の泡だらけとなって、いっさいのものが海に呑《の》みこまれてしまった〉

二〇一一年三月十一日に起こった東北地方太平洋沖地震を彷彿《ほうふつ》させる生々しい描写である。

一方、岐阜県から富山県にかけての被害も大きかった。有名なのは奥飛騨《おくひだ》白川郷《しらかわごう》にあった帰雲城《かえりくもじょう》である。金山や銀山などの鉱物資源に恵まれたこの地は、内ヶ島氏理《うちがしまうじまさ》が支配し、豊かな城下町を築いていた。

ところが天正大地震によって城の背後にある帰雲山（標高一六二二メートル）の中腹が、幅五百メートル、長さ八百メートルにわたって崩れ落ち、帰雲城と城下町を埋めつくした。

さらに北の木舟城《きふねじょう》（富山県高岡市福岡町《たかおかしふくおかまち》）も埋没した。地震によって地面が九メートルほども陥没し、城中にいた男女の大半は死亡した。

この城は佐々成政を打ち破った功によって前田利家に与えられ、利家の末弟である秀継《ひでつぐ》が城主をつとめていた。ところが城が倒壊したために、秀継は妻や家臣たちと共に圧死したのである。

被害の大きさはこうした例からも明らかだが、秀吉が家康との決戦を断念せざるを得なかった原因は伊勢湾にあった。

伊勢湾ぞいの港が津波の被害にあい、三河、遠江侵攻のために秀吉が集めていた兵糧や弾薬、船団などが失われたのである。

大手の尾張からの軍勢七万、搦手《からめて》の北陸から四万。合わせて十一万余の大軍とはいえ、対する家康も四万ちかい軍勢を動員できる。

これを後方から支援する北条家も五万余の軍勢を擁《よう》しているのだから、長期戦になることは避けられない。

そこで秀吉は伊勢湾から三河湾、浜名湖までの海路を制圧して兵糧、弾薬の補給路を確保しようと、伊勢湾に九鬼《くき》水軍や熊野《くまの》水軍、淡路《あわじ》水軍などを集結させていた。

そこに大地震が直撃し、大津波が襲いかかって、すべてを破壊しつくしたのである。中でも火薬や鉛弾は、来年夏に南蛮《なんばん》船が来航するまでは新たに調達することができないのだから被害は深刻だった。

ちなみに堺の様子について、ルイス・フロイスは『日本史』の中で次のように記している。

〈人々は肝をつぶし呆然自失の態《てい》に陥り、下敷きとなって死ぬのを恐れ、何ぴとも家の中に入ろうとはしなかった。というのは、堺の市《まち》だけで三十以上の倉庫《グドンイス》が倒壊し、十五名ないし二十名以上が死んだはずだからである〉

おそらく堺や大坂の港湾設備も大きな被害を受け、南蛮船ばかりか西国からの船も入港できなくなり、軍事物資や兵糧、将兵の輸送もできなくなったと思われる。

（これではとても、徳川三河守に勝つことはできぬ）

秀吉はそう判断し、急きょ和平策に転じたのだった。

年が明けた天正《てんしよう》十四年（一五八六）一月二十七日、秀吉は織田信雄を使者として岡崎城につかわした。信雄には出家して僧形《そうぎよう》になった飯田半兵衛が従っていた。

家康も浜松城から岡崎城に出向いてこれを迎えた。

「三河守どの、本日はご対面いただきかたじけのうございます」

信雄は端《はな》から下手に出た。

秀吉に使われて交渉役をしているうちに、そうした術《わざ》を身につけたようだった。

「こちらこそ、ご足労いただきかたじけのうござる。昨年の地震では大きな被害にあわれたとのことで、お見舞い申し上げます」

家康もそつなく応じた。

「本当に信じ難いような災害でございました。城は崩れ落ち、地面が割れて泥水が噴き出し、揚げ句のはてに大波が打ち寄せて何もかも持ち去ってしまいました」

長島の中洲が沈むかと思うほどの激しさで、天守台や堀の石垣も跡形もなく消え失《う》せたという。

「城の下敷きになって多くの家臣や侍女が死にましたが、それがしは半兵衛の機転によって辛くも助かることができたのでございます」

「ほう。さすがは半兵衛どのでござるな」

家康は話を合わせて持ち上げた。

「いやなに、年寄りの聞きかじりがたまたま功を奏しただけでございますよ」

飯田半兵衛は大いに恐縮しながらいきさつを語った。

地震の日の夕方、飼っていた鳥の番《つがい》が切迫した声で鳴きながら、籠《かご》の中を右に左にせわしなく動き回っていた。

こんな時は何か大きな災害が起こる。そう聞いていた半兵衛は急いで登城し、家臣に命じて重要書類や家宝の類をいつでも持ち出せるようにしていた。

そんな時に第一波の揺れがきたので、城の船入りにつないだ船でいち早く信雄らを脱出させ、書類や家宝を持ち出すことができた。

家宝の中には織田信長から引き継いだ茶道具の名品もあり、その働きを喜んだ秀吉がわざわざ感状を送ったほどだった。

「一度目の揺れはそれほどでもありませんでした。それゆえ船を出すことができたのでござるが、二度目はとてつもないものでござった。もし城に残っていたら、殿もそれがしも生きてはおられなかったでしょう」

「岡崎では一度目の揺れが大きく、天守の瓦がすべて落ちました。二度目は深夜の丑の刻頃だったと存ずるが」

「さよう。それがしは半兵衛らと共に清洲城に移っておりました。こちらも堀の底が地割れして水が抜けたほどでしたが、何とか持ちこたえてくれました」

「都や大坂でも、被害が大きかったと聞きましたが」

家康はそろそろ本題に入ろうと話を向けた。

「そのように聞いております。帝も百姓《おおみたから》の苦難をひときわ案じられ、これ以上戦をつづけてはならぬと勅《みことのり》を下されました。それゆえ関白さまは、三河守どのとの和《わ》睦《ぼく》を一刻も早く実現したいと、それがしをつかわされたのでございます」

これが関白さまの書状だと、織田信雄が大きな立て文を差し出した。

書状には和議の勅命が下ったので早急に従うようにと記され、条件については信雄が申す通りだと追記してあった。

「して、和議の条件とは」

家康は書状を丁重に折りたたんだ。

「条件は二つございます。ひとつは三河守どのの所領についてでござるが」

三河、遠江、駿河に加えて、甲斐、信濃の知行も認められる。信雄はそう言った。

「ご存じの通り、当家は上田城の真田や深志城の小笠原の問題を抱えております。この件については」

「関白の権限をもって、両名には三河守どのに従うように申し付けるとおおせでございます」

「真田と小笠原は従いましょうか」

「従わなければ、関白さまが討伐なされるそうでございます」

信じ難いほどの好条件である。これは秀吉一流の詐術ではないかと、家康は内心警戒せずにはいられなかった。

「それで、もう一つの条件とは」

「両家の間柄を確かなものにするため、縁組をさせていただきたいとおおせでござる」

「今度は誰をお望みかな」

すでに秀康を養子に出している。それだけでは足りずに、長松丸《ちょうまつまる》（秀忠《ひでただ》）か福松丸《ふくまつまる》（忠吉《ただよし》）を差し出させるつもりかと思った。

「そうではございませぬ。関白さまは三河守さまと縁組をしたいと望んでおられます」

「それがし、ですと」

あまりの意外さに、家康の声は裏返りそうになった。

「さよう。関白さまには朝日姫《あさひ》という妹御がおられます。その方を三河守さまに嫁《とつ》がせたいと」

朝日姫は秀吉の異父妹で、秀吉の家臣に嫁いで久しいが、離縁させて婚礼にそなえているという。歳は家康より一つ下の四十四歳だった。

「離縁までさせるとは、何と無慈悲な」

「それほど三河守どのとの縁組を望んでおられるということでございます。何とかこの条件で、話に応じて下されませ」

「即答はできかねます。重臣たちにはかってみなければ」

これも詐術ではないかという疑いを、家康はぬぐい去ることができなかった。

「承知いたしました。それでは明後日までにご返答をいただきたい」

それまで姪《めい》の登久姫や熊姫がいる奥御殿で待たせていただくと、織田信雄は妙に落ち着き払っていた。

翌日の午後、家康は重臣たちを集めて評定を開いた。集まったのは三河奉行の本多重次、高力清長、天野康景。家康に同行してきた酒井忠次、井伊直政、本多忠勝、榊原康政ら十人ばかりだった。

進行役はいつものように松平康忠がつとめた。

「昨日、織田信雄さまを使者として、秀吉公から和睦の申し入れがございました」

康忠がその条件を伝えると、重臣たちが驚きの声を上げた。五ヶ国安堵《あんど》もさることながら、朝日姫との縁組など想像さえしていなかったのである。

「どうやら天は、殿の苦難を見かねたようでござるな」

忠次が渋く笑って膝を叩《たた》いたが、縁談については我らがとやかく申し上げることではないと言った。

「殿の嫁取りでござる。殿に決めていただくしかござるまい」

「この儀、いかがでございましょうか」

康忠が伺いを立てた。

「わしにもいろいろあった」

家康は一同を見回して口を開いた。

「今さら後添いをもらうのもいかがかと思うが、これは忠次が言うように天が与えたもうた奇貨であろう。有り難く受け取るべきだと考えておる」

「殿、よろしゅうござるか」

鬼作左《おにさくざ》と呼ばれた本多作左衛門重次が、遠慮がちに手を挙げた。

「ご婚儀に異議はございませぬが、御本所《ごほんじょ》（信雄）さまにはこれまで何度も煮え湯を飲まされております。ご使者の口上を書状にし、証判をいただいておくべきかと存じまする」

「わしもそう思う。他に意見のある者は」

家康は念押しをしたが、口を開く者はいなかった。

翌朝、信雄を呼んで評定の結果を伝えた。信雄は大いに喜び、証判にも即座に応じた。

「三河守どののお役に立つことができ、小牧、長久手以来の借りを少しは返せた心地がいたします。かたじけのうございます」

信雄は心からほっとしたような顔をして頭を下げた。

「礼を言うべきは当方でござる。今後ともよろしくお引き回し下さるようお願い申し上げますする」

家康は丁重に礼を返し、ひとつ教えてもらいたいことがあると言った。

「それがしに答えられることであれば、何なりと」

「こたびは初めから、和睦が成ると思っておられたご様子でしたが、何か見込みでもあったのでござろうか」

「実は和睦の条件を関白さまに進言したのは、石川数正でございます。これで三河守どのが応じられなければ腹を切ると申しますので、それがしも安心して使者の役目を引き受けることができました」

「さようでござるか。数正に会われたなら、礼を申すと伝えて下され」

「承知いたしました。三河守どのは、良いご家来衆をお持ちでございまするな」

役目をはたした信雄と飯田半兵衛は、その日のうちに尾張に向かった。

家康もそれを見送ってから岡崎を発ち、翌日の夕方に浜松にもどった。

和睦と婚礼については、昨日のうちに早馬を立てて知らせていたが、家族だけには自分で説明しておこうと、側室であるお万の方、お愛の方、西郡《にしごおり》の方、下山《しもやま》の方。それに母親の於大《おだい》の方を呼び集めた。

「すでに聞いていると思うが、わしはこのたび関白秀吉どのと和睦するに当たり、縁組をすることになった」

かなり言いにくいことである。関白秀吉などと口にしたのはそのためだが、思わぬ助け船があった。

「遠慮することはありませんよ。後添いを迎えることにとやかく言う者など、一人もいませんから」

於大は昨日のうちに皆を集め、言い含めていたのだった。

「しかし女子《おなご》にも意地と覚悟がありますから、駄目な殿方だと見切りをつければさっさと実家にもどります。ねえ、お万」

「あら、伯母上さま。お万は生涯殿のお側《そば》においていただくつもりですよ」

秀康を失った寂しさから立ち直ったお万は、於大に対しても昔のように遠慮のないことを言えるようになっていた。

二月八日、家康と秀吉の和議が正式にととのった。天正大地震が家康と徳川家の窮地を辛くも救ったのだった。

第五章

両雄闘角

関白秀吉《ひでよし》と和睦《わぼく》した徳川家康《とくがわいえやす》は、三月九日に伊豆《いず》の三島《みしま》で北条氏政《ほうじょううじまさ》、氏直《うじなお》父子と対面した。

北条氏の領国《りょうごく》である伊豆に出向き、秀吉との和睦のいきさつを説明し、今後も徳川、北条の結束に変わりがないことを申し合わせたのだった。三月十一日には北条父子が徳川家の領国である沼津《ぬまづ》を訪ね、家康と対面して三島の返礼をした。

両者は同盟に変わりがない証として、駿河《するが》と伊豆の国境《くにざかい》にある城を破却することにしたが、これは結束の強さを示して秀吉を牽制《けんせい》するためでもあった。

家康は北条の力を背景として秀吉との交渉を有利に進めようとしていたし、氏政、氏直は家康を楯として秀吉の干渉を防ごうとしていた。

対面に際して両者は進物を贈りあったが、その内容について『家忠日記《いえただ》』には次のように記されている。

〈氏政より家康に、大鷹《おおたか》十二、馬十疋《ぴき》、御馬一疋（家康用と思われる）、御太刀、御腰物（刀）。

家康より氏政へは、縮羅《しじら》二百反《たん》、虎の皮五枚、豹《ひょう》の皮五枚、猩々緋《しょうじょうひ》二枚、赤墨、御太刀守家《もりいえ》、御腰物菊一文字、御腰物国俊《くにとし》、御脇差鎬藤四郎《しのぎとうしろう》、御長刀《なぎなた》、鉄砲南蛮《なんばん》

筒〉

氏政が贈った大鷹や馬は蝦夷地《えぞち》や奥州《おうしゅう》の名産であり、家康が贈った虎や豹の皮、猩々緋色の織物は南蛮貿易でしか手に入らないものである。

この点からも関東から奥州にかけての経済圏を掌握していた北条氏と、南蛮貿易に進出しかけていた家康の状況がうかがえて興味深い。

火薬の原料の硝石《しょうせき》や銃弾の原料となる鉛の大半は、南蛮貿易によってしか手に入らないのだから、どのようにして輸入ルートを確保するかは死活問題だったのである。

北条父子との交渉を無事に終えた家康は、三月二十一日に浜松《はままつ》城にもどって秀吉との交渉にのぞむことにした。

織田信雄《おだのぶかつ》の仲介で和睦することにしたものの、条件を細かく詰めた上で秀吉と誓紙を取り交わす作業が残っていた。

「こちらの要求は、五ヶ国の安堵を確約させることと北条家の赦免だ」

家康は本多正信《ほんだまさのぶ》と酒井忠次《さかいただつぐ》を呼んで対応を話し合った。

秀吉が破格の条件で和睦を申し入れてきたのは、徳川と北条を分断するためだという疑いは色濃く残っていた。

「相手は関白どのでござる。当家の要求を伝えるには、どのような書状にすべきであろうか」

酒井忠次が何か知恵はないかと本多正信を見やった。

「さようでござるな。秀吉は帝《みかど》が和睦するように勅《みことのり》を下されたと申しております。ならば帝に勅命に従う旨の上奏文をたてまつり、その中に五ヶ国安堵と北条家赦免の条件を記したらいかがでございましょうか」

傲岸不遜《ごうがんふそん》な言動が多い正信も、忠次だけには一目置いていた。

「それでは秀吉どのの頭越しとなり、失礼に当たるのではないか」

「関白とは帝の政《まつりごと》を関《あずか》り白《もう》すゆえにこの名があると申します。すべての政に関与する役目ゆえ、殿からの上奏文も関白に取り次いでもらえばよろしいかと存じます」

「取り次いでいただいたなら、関白どのも了承したことになるというわけか」

忠次はいたく感心してうなずいた。

「それで良かろう。すぐに上奏文の仕度をしてくれ」

家康も了承したが、正信はもうひとつ手を打っておくべきだと言った。

「信濃《しなの》のことでござる。真田《さなだ》と小笠原《おがさわら》は殿に従うということですが、秀吉の口約束だけではこの先どうなるか分かりませぬ。それゆえ両者に起請文《きしょうもん》を出させると、秀吉から一札《いっさつ》を取っておくべきと存じます」

「うむ、そうかもしれぬ」

「しかし殿、それでは非礼に当たるのではございませぬか」

忠次が異をとなえた。

「相手は知略縦横の秀吉どのだ。一分の隙もないようにしなければ、足をすくわれる」

「さようでござるか。ならば使者はそれがしにお命じ下さいませ」

「ほう、なぜじゃ」

「今年で還暦になり申した。少しは人を見る目がついてきたと自負しておりますゆえ」

秀吉の心中を見極めてくるというのである。

「恐れながら、それはいかがかと存じます」

「弥八郎《やはちろう》、わしではなぜいかんのじゃ」

「忠次どのは当家の重鎮ゆえ、交渉がこじれた場合に代われる御仁は殿だけになります。初めはもう少し軽輩をさし向けるべきと存じます」

三河《みかわ》三奉行あたりが適任だろうと、正信は天野康景《あまのやすかげ》の名を挙げた。

「三奉行であれば本多重次《しげつぐ》の方が適任であろう。嫡男《ちゃくなん》の仙千代《せんちよ》を大坂に出しておるゆえ、秀吉どのの信用もあろう」

家康は何事にも動じない重次の胆力を買っていた。

「お考え下され。秀吉のもとで和睦を推し進めているのは石川数正《いしかわかずまさ》でござる」

「そのようだな」

「三人の中で一番数正と仲がいいのは康景でござる」

本多正信の進言を容《い》れ、四月初めに結納の使者という名目で天野康景をつかわした。

すでに婚礼の日取りは四月二十八日と決まっていたが、秀吉は使者が康景だと聞くと、

「そのような者は知らぬ」

対面もせずに追い返した。

そして四月十九日に家臣の小栗大六《おぐりだいろく》という者を、織田信雄家中の土方雄久《ひじかたかつひさ》を案内役として浜松城につかわし、婚礼を延期すると通告したのである。

「小栗といえば、三河の者か」

家康はその姓に覚えがあった。

「さようでございます。石川数正に従って関白どのに仕えることといたしました」

大六は四十ばかりの屈強の武士だった。

「ならば我らが秀吉どのに示した和睦の条件は存じておろう」

「主《あるじ》から聞いております」

「秀吉どのも数正から聞いておられるはずじゃ。さりながら使者にも会わずに追い返すとは、和睦する気がないということであろう」

「天野どののような見知らぬ者を使いによこすとは無礼であると、関白殿下はお怒りでございます。和睦の条件についてご不満を持たれているわけではありません」

（なるほど、そういうことか）

家康は内心を隠したガラス玉のような目で大六を見やり、秀吉の手の内を読み取った。

帝への上奏文に何が書かれているか、秀吉は数正から聞いたはずである。そして

このままでは応じられぬと思ったのだろう。

しかし勅命で和睦を結ぶことにしている以上、上奏文を受け取ったなら帝に取り次がざるを得なくなる。そこで使者に難癖をつけることで受け取りを拒否したのだった。

「秀吉どのも難しいことを言いかけてこられるものじゃ。それは畢竟《ひっきょう》、我らとの和睦を望んでおられぬからであろう。それならば交渉を打ち切り、武家の流儀を貫くまでじゃ」

合戦も辞さぬと、家康は強硬な姿勢に出た。

「お、お待ち下され。関白殿下に他意はございませぬ。ただご使者には、酒井忠次どのや本多忠勝《ただかつ》どののような見知った方をつかわしていただきたいと」

家康が服すると高をくっていたらしく、使者の小栗大六のあわてぶりは滑稽なほどだった。

「さようでござる。交渉打ち切りになれば、和睦を仲介した我が殿の面目が立ちま

せぬ」

何とぞ穏便にと、織田信雄家中の土方雄久も深々と頭を下げた。

「昨年の地震《なえ》では、尾張《おわり》も大きな被害を受けたそうだな」

「さようでござる。伊勢長島《いせながしま》城が一瞬にして消え失《う》せました」

「それぱかりではあるまい。我が三河に侵攻するために集めていた、百万発分の弾薬が失われたそうではないか」

「そ、そのようなことは」

雄久は否定しようとしたが、後がつづかなかった。

「秀吉どのがお困りなのを知らぬわけではない。それゆえお求めの通り本多忠勝をつかわすことにするが、そちらにも正直になってもらわなければ困る」

「正直にとおおせられると」

「我らが求めた条件はなぜ認められぬのか、秀吉どのから聞いておろう」

それを明かせと迫ると、雄久は催促するように大六を見やった。

「承知いたした。されどこれは聞かなかったことにしていただかないと困ります」

大六は念を押し、秀吉が難色を示しているのは北条家の赦免のことだと打ち明けた。

家康の求めに応じて赦免すれば、関白として諸大名に君臨するという建前が崩れる。だからたとえ北条を許して家の存続を認めるにしても、今回の和睦とは切り離して処置したいと考えているのだった。

「切り離してとは、どんな処置を取られるつもりなのじゃ」

「それは分かりません。関白殿下からは何も聞いておりませぬゆえ」

「では、何ゆえ北条の件が問題だと存じておる」

「主、石川数正がここまでは明かしても構わぬと申したのでございます。その上で三河守さまのご寛恕《かんじょ》を乞えと」

大六が額に汗を浮かべて訴えた。

家康は石川数正が求める通り、上奏文から北条の赦免の件を削り、この件については別途協議することにした。

「ただし北条の赦免は確約してもらわねばならぬ。この件について手違いなきよう頼み入ると、数正に伝えてくれ」

家康は大六らを数日城下にとどめ、四月二十三日に本多忠勝とともに大坂に向かわせた。

大坂城で秀吉と対面した忠勝は円満に話をつけ、婚礼は五月九日と決めて浜松城にもどってきた。

「朝日姫《あさひ》の一行はすでに清洲《きよす》城まで来ておられます。それがしも途中まで随行して参りました」

「ずいぶん気忙《きぜわ》しいことだな」

「関白殿下は殿のご配慮を大変お喜びになり、花婿をあまり待たせては気の毒だとおおせになりました」

「花婿か……」

お市《いち》をめぐる苦い思い出が頭をよぎり、家康は冷ややかな笑みを浮かべた。

「して、北条家のことも真田、小笠原のことも確約を得たのであろうな」

「約束すると明言なされました。起請文は婚礼の使者に持たせるゆえ、殿からも和睦を誓う起請文をいただきたいとのことでござる」

「忠勝」

「ははっ」

「秀吉どのをどう見た」

「さようでござるな」

忠勝は困ったように苦笑して、ひげをたくわえたあごをさすった。

「遠慮は無用じゃ。思ったままを言ってくれ」

「一騎打ちなどすれば、雑作《ぞうさ》もなく討ち果たせましょう。されど千人ずつをひきいた戦いとなれば苦戦を強いられ、万人の戦いとなれば勝つのは難しいと存じます」

「用兵に長《た》けているということか」

「たとえば殿は、出陣の前の晩に足軽たちが何を食べてきたかお考えになったことがございまするか」

「い、いや」

「下は足軽の褌《ふんどし》や草鞋《わらじ》から、上は帝の動かし方まで、関白殿下は一瞬にして思いを巡らし、戦に勝つための手立てとなされます。あのように知略縦横の方が、この世におられるとは、不思議な気がいたしまする」

忠勝もすでに三十九歳になる。名将との評判は他国にまで鳴り響いていた。

「さようか。それで人柄はどうだ」

家康は何度か秀吉と会っているが、本多忠勝がどう見たか知りたかった。

「相手に合わせ都合に合わせ、どのようにでも演じられるお方でございます。しかも本心は絶対に悟らせない。舞台に立つ役者のようだと拝察いたしました」

「分かった。引き続き、秀吉どのとの連絡役をつとめてくれ」

「朝日姫については、おたずねになりませんか」

「うむ。どんな方だ」

「関白殿下には似ておられませぬ。気立てが良くて聡明な方でございます」

忠勝は清洲まで供をする間に、朝日姫に少なからず好感を抱いたようだった。

家康はさっそく朝日姫の輿入《こしい》れを迎えるために万全の手配をしたが、あいにく五月雨《さみだれ》の季節である。川が増水したために五月九日に予定されていた婚礼は一日、また一日と延期され、輿入れの行列が池鯉鮒《ちりふ》（愛知県知立《ちりゆう》市）に着いたのは十一日のことだった。

家康に命じられて迎えに行ったのは文人肌の松平《まつだいら》家忠で、その日の様子が『家忠日記』に詳しく記されている。

朝日姫の供をしてきた秀吉の家臣は、浅野《あさの》長吉《ながよし》（長政《ながまさ》）、富田《とみた》知信《とものぶ》（一白《いっぱく》）、滝川《たきがわ》儀太夫益重《ぎだゆうますしげ》などである。

長吉は秀吉の妻おねの義兄で秀吉の一門衆にあたるので、新婦方の主賓の役割になったのだろう。知信は小牧《こまき》・長久手《ながくて》の戦の時に和睦の使者としてつかわされたし、滝川益重は一益《かずます》の甥に当たる。

尾張の織田信雄は、叔父の織田有楽斎長益《うらくさいながます》、滝川雄利《かつとし》、飯田半兵衛《いいだはんべえ》をつかわしていた。

朝日姫の花嫁行列は長柄《ながえ》の輿十二挺《ちょう》、釣輿《つりごし》十五挺、銭三千貫（約二億四千万円）、金銀二駄、嫁入り道具は数を知らずというほど豪華なものだった。

この日一行は酒井家次《いえつぐ》（忠次嫡男）に迎えられて岡崎《おかざき》城に入り、翌十二日に酒井忠次の吉田《よしだ》城に入った。十三日は雨が降ったために吉田城にとどまり、翌日に浜松城に入った。

家康は褐色《かちいろ》（藍《あい》色）の大紋《だいもん》に長烏帽子《ながえぼし》という正装をして、本丸御殿で朝日姫と対面した。

朝日姫は小柄でなで肩、あごの尖ったほっそりとした顔立ちだった。萌黄《もえぎ》色の着物に紫陽花《あじさい》模様の打掛けという清楚《せいそ》な出《い》で立《た》ちである。

　側には四十半ばとおぼしき侍女頭が従い、左右には浅野長吉や織田有楽斎などが居並んでいた。

　家康は朝日姫をやせた鳥のようだと思った。仕立てのいい着物をまとっているのに、どこか尾羽打ち枯らした雰囲気がある。

　家康好みの乳房が豊かな女性とはかけ離れているが、秀吉の妹なのだから粗略にするわけにはいかなかった。

「徳川三河守家康でござる」

　家康は先に挨拶したが、言葉がつい素っ気なくなっていた。

「朝日でございます。このたびはかたじけのうございます」

　朝日が切れ長の涼しげな目を向けて挨拶を返した。

「長い旅でお疲れのことでしょう。祝言は未《ひつじ》の刻（午後二時）からゆえ、それまでゆっくりとお休み下され」

「ありがとうございます。兄も三河守さまにくれぐれもよろしくと申しておりました」

「こちらこそ。この歳《とし》で祝言を上げることになるとは思っておりませんでしたが、末永くお頼み申します」

家康の言葉には皮肉の刺《とげ》が隠されている。朝日姫はそれを感じ取ったのか、居住まいを正して口を開いた。

「ご存じのことと思いますが、兄もわたくしも尾張中村の百姓の家に生まれました。兄は貧しい暮らしが嫌で家を飛び出し、諸国を放浪するうちに大きな志を持つようになったと申しております」

「いかような、志でしょうか」

「この国を土台から変えなければならないということです。そして幸いにも、同じ考えを持っておられた織田信長さまに仕えることができました。信長さまが亡くなられた後、そのことを本当に理解しているのは自分と三河守さまだけだと、兄は常々申しております。ですからこうして縁組をし、義兄弟になれたことを心の底から喜んでいるのでございます」

「朝日どのはそれでいいのでござるか」

上辺だけの社交辞令のような気がして、家康は一歩踏み込んだことをたずねた。

「このたびの祝言のために、長年連れ添った方と離縁なされたと聞きましたが」

祝言の前に離縁について問うとは、さすがに不躾《ぶしつけ》すぎる。浅野長吉や富田知信が非礼をただそうと血相を変えたが、朝日姫がちらりと見やっただけでおとなしくなった。

「おおせの通りでございます。そのことについては、わたくしもずいぶん辛《つら》く悲しい思いをいたしました。しかし兄が天下のために如来《にょらい》さまの使いになってくれと、額を床にすり付けるようにして頼みますので、仕方があるまいと意を決したのでございます」

「如来さまの使い、でござるか」

「法華経《ほけきょう》ではお釈迦《しゃか》さまの教えを引き継ぎ、人々を救済しようとする者を釈迦如来の使い、如来使と申します」

「秀吉どのは、法華宗の信徒なのでござろうか」

「そうではございません。わたくしが信心していますので、そんな風に言えば説得できると考えたのでございましょう」

朝日姫はかすかに苦笑し、家康は「厭離穢土《おんりえど》、欣求浄土《ごんぐじょうど》」を旗印にしていると聞いたと言った。

「さよう。十九の歳からその教えを道しるべにして生きて参りました」

「それはこの世を浄土にする努力をつづけるという意味ではありませんか」

「おおせの通りです」

「それなら如来使と同じことです。わたくしはそう思い、天下のため、衆生済度《しゅじょうさいど》のために役に立つなら、この身を捧げようと思ったのでございます」

朝日姫は気負いも衒《てら》いもなく、おだやかな口調で覚悟のほどを語った。

家康は内心目をみはった。朝日姫ばかりでなく、こんな妹を持つ秀吉を見直す気持ちになったのだった。

祝言は予定通り未の刻から行われた。浅野長吉と酒井忠次が立会い人となり、型通りに三々九度の盃を交わした。

その後で於大の方や側室たちとの顔合わせを行い、朝日姫は侍女頭以下十数人の侍女とともに奥御殿に入った。

祝いの酒宴は三日間つづいた。

当日は朝日姫に同行してきた来賓と徳川家の重臣を招き、二日目は三河、遠江《とおとうみ》、駿河の国衆《くにしゅう》、三日目は親族と家康の近習《きんじゅ》たちが祝いを述べるために集まった。

家康と朝日姫は祝福の嵐に包まれたわけだが、感心したのは朝日姫の人あしらいのうまさだった。

朝日姫は皆と分け隔てなく接し、相手の話にじっと耳を傾けている。自分から語ることは少ないが、いつの間にか人の心をつかみ、

「さすがは関白殿下の妹御だ」

家臣や国衆ばかりか、於大の方や側室たちからさえ一目置かれたほどだった。

秀吉からは北条家の赦免と五ヶ国の安堵を確約した起請文を受け取っている。

真田昌幸《まさゆき》、小笠原貞慶《さだよし》についても、家康が求めた通り臣従を誓う起請文を出させると明記してあった。

（どうやら秀吉どのは、本気で新しい国造りを進められるようだ）

家康は肩の荷が下りたようにほっと息をついたが、七月になって思いもかけない知らせが届いた。

「真田昌幸が佐久《さく》郡の国衆に使者を送り、身方《みかた》をするように呼びかけております」

服部半蔵《はっとりはんぞう》の配下が証拠の書状を添えて報告した。

書状は徳川方の国衆にあてたもので、佐久郡を制圧したなら知行を与えると約束して身方になるように求めていた。

家康はただちに重臣たちを集め、真田を討つために駿府《すんぷ》城まで出陣すると告げた。

「これは関白殿下の指示によるものでござろうか」

酒井忠次がまたしてもあざむかれたかと危ぶんだ。

「分からぬ。それゆえ忠勝は大坂に行き、真田昌幸が関白どのの命《めい》に背いて陰謀をめぐらしておるゆえ討伐すると伝えよ」

これに秀吉が同意するなら、真田と結託していないということになる。もし結託しているのなら、秀吉が動き出す前に真田を滅ぼして付け入る隙を与えないようにしなければならなかった。

甲斐《かい》にいる鳥居元忠《とりいもとただ》、平岩親吉《ひらいわちかよし》、大久保忠世《おおくぼただよ》にも使者をつかわし、近日中に小諸《こもろ》城まで出陣して上田《うえだ》城攻めの指揮を執るので仕度《したく》にかかるように命じた。

また服部半蔵を呼び、真田の計略に上杉景勝《うえすぎかげかつ》が関わっているか調べるように申し付けた。

家康が五千の兵をひきいて駿府城に入ったのは七月十七日のことである。

手配を終えて小諸城に向かおうとしていた矢先、本多忠勝が大坂からもどってきた。

「殿、これは関白どのの差し金ではありませんぞ」

忠勝は面談の成果に自信を持ち、迷いなく言い切った。

「ならば上杉か」

「上杉どのは六月十二日から二十四日まで、京、大坂に滞在して関白どのへの臣従を誓っておられます。真田独自の判断によるものでございましょう」

「して、秀吉どのは何と」

「真田は表裏多き者ゆえ、命に背いて策をめぐらしておる。討伐しても構わぬとのおおせでござる」

秀吉はそう言ったばかりか、上杉や真田と取り交わした書状の写しまで見せてくれたという。

「関白どののお許しを得て、それを書き写させていただきました。ご覧下されませ」

忠勝が立て文にした書状を二通差し出した。

一通は上杉景勝に送ったもので、今後の方針について七ヶ条にわたって指示をしている。

中でも重要なのは、第一条で上杉氏に家康や北条氏と和睦するように命じていることだ。秀吉は北条家が命令に従うなら、家康との約束通り赦免するつもりでいたのである。

第四条では、信濃における上杉領は安堵するが、真田昌幸、小笠原貞慶、木曽義《よし》昌《まさ》は家康の支配下におくと明記されていた。

その昌幸にあてた書状には、家康とは和睦したし、信州《しんしゅう》の差配は関白が行うので、ただちに停戦するように命じている。

日付は二月三十日。家康と秀吉が和睦してから二十日ばかりしかたっていなかった。

「さようか。これが……」

秀吉どのの真意かと、家康は目を開かれる思いだった。

本能寺《ほんのうじ》の変以来、秀吉に対して怒りと反発を抱いてきた。あまりに鮮やかな手際に翻弄されつづけてきたからだが、秀吉は秀吉なりに信長の志を引き継ごうとしていたのである。

「殿、真田征伐の儀はいかがなされますするか。ご出陣とあらば、それがしが」

先陣をうけたまわると忠勝が言った。

「いや、関白どのがこのようなら、すべて任せておけばよい」

家康は初めて素直に秀吉を関白と呼ぶことができたのだった。


八月七日、小栗大六が秀吉の使者として再びやって来た。

「関白殿下は、三河守どのが真田討伐を見合わせられたことに大変感謝しておられます」

秀吉は真田にも使者を送り、家康に服属することを了解させた。やがて家康のもとに臣従の挨拶に行かせるので、出兵は思いとどまってもらいたい。大六はそう告げた。

このことについて『家忠日記』には次のように記されている。

〈真田之儀上より曖《あつかい》候て、家康御馬先々御延引之由《よし》候〉

「上より曖候て」とは関白秀吉の仲介によってという意味である。

これに応じて家康は出馬を先々まで延引したわけだが、大六の役目はこれだけではなかった。両家の縁組と和睦が成ったことを天下に知らせるために、家康に上洛してもらいたいというのである。

「その折、朝日姫さまにも同行していただき、お二人の仲睦まじい様子を披露してもらいたいと、関白殿下はお望みでございます」

「それはちと、早過ぎるのではあるまいか」

さらしものにされるようで、家康はあまり気が進まなかった。

「殿下に他意はございません。朝日姫さまには苦労をかけたゆえ、幸せな姿を一日も早く見たいとお望みなのでございます」

「ならば祝宴などは内々でやっていただきたい。この歳で新郎というのも面映《おもは》ゆいゆえ」

家康は条件をつけて折れることにした。

「承知いたしました。それからもう一つお願いがございます」

「何かな」

「ご上洛の折には、北条家の使者をご案内いただきたい。これから和睦の交渉をするに当たり、心利《き》いたる者と下話をしておきたいとおおせでございます」

「それなら北条美濃守《みののかみ》どのが適任と存ずる。さっそく連絡を取ってみましょう」

家康は韮山《にらやま》城主の北条美濃守氏規《うじのり》に使者を送り、秀吉からの申し入れを伝えてこの度の上洛に同行してくれるように頼んだ。

氏規は家康の配慮を喜び、この件について北条氏政、氏直父子の了解を得るので、しばらく待ってほしいと返事をよこした。

家康は三日もすれば了承の返答があるだろうと思っていたが、五日、六日と過ぎても氏規からの使者は来なかった。

催促の使者を韮山城に送ったが、氏規は氏政、氏直父子と会うために小田原《おだわら》城に出かけているという。

氏規も家康が催促していると伝え聞き、翌日には小田原から早馬をよこして状況を伝えた。

「氏規が同行することに氏政が反対している。家康の婚礼に北条家は招かれなかったのだから、朝日姫の里帰りの露払いをつとめるいわれはない。氏政は頑強にそう言い張っている」

氏規の書状にはそう記されていた。

思いもかけない暗礁《あんしょう》である。家康はいきなり背後から斬り付けられたように当惑し、本多正信、酒井忠次、本多忠勝を呼んで対応を協議した。

「氏政どのとは三島、沼津で対面し、関白どのとの縁組や和睦について了解していただいた。何ゆえこのように我を張られるか分からぬ」

家康は率直に思うところを伝えた。

「婚礼にはお招きせぬと、事前に北条家の了解を得ております。それは氏政どのもご承知のはずでござる」

北条家との交渉役である忠次も困惑していた。

「これも当家と北条家を引き離す、秀吉の離間策かもしれません。こうなることを見越して、婚礼に出席させなかったとも考えられますぞ」

正信は今だに秀吉を呼び捨てにすることをやめなかった。

「そのようなことはござるまい。関白殿下は心の底から天下の統一と平安を願っておられます」

忠勝が臆することなく正信をたしなめた。

「問題はこのままでは上洛に応じられぬということじゃ。北条氏規どのを同行しないでいくか、それとも」

氏政に配慮して朝日姫を連れずに行くかわりに、氏規を同行する。どちらかを選ぶしかないと家康は考えていた。

北条家の対処に窮し、三人とも黙り込んだ。無理難題を持ちかけているのは北条氏政なのだから、朝日姫を連れて上洛し、そのことを秀吉に報告すればいい。

近視眼的にはそう考えがちだが、それでは北条家との仲が冷え込み、今後の交渉がいっそう難しくなりかねなかった。

「それがしは氏政どのの顔を立てていただきとう存じます」

酒井忠次が真っ先に意見を述べた。

本多正信の言う通り、秀吉の離間策という不安もぬぐいきれない。今は北条との結束を大事にすべきだというのである。

「恐れながら、関白殿下に他意はございません。そのことはそれがしが承知しております」

本多忠勝がもう一度くり返した。

「わしも忠次と同じじゃ。北条家を優先すべきだと思う」

家康は正信の意見を待たずに口を開いた。

「それは関白どのを疑っているからではない。氏政どのに意地ずくになられては、行く末が危ぶまれる。行き違いの芽は、小さいうちに摘んでおかねばならぬ」

北条氏直には督《とく》姫が嫁いでいるし、二人の娘にも恵まれている。家の存続を危うくするような状況を、放置するわけにはいかなかった。

家康は北条氏規に使者を送り、朝日姫は病気のために上洛ができなくなったので、今回は里帰りを断念せざるを得ない。その旨を氏政に告げ、氏規の上洛の許可を得てほしいと頼んだ。

また秀吉にも使者を送り、朝日姫の体調がすぐれないので出発が遅れるかもしれないと断りを入れ、北条との交渉の時間をかせいだ。

それでも氏政の許可は得られなかった。氏規は再び小田原城に行って説得しようとしたが、氏政は理由も告げずに許すことはできぬと言うばかりだった。

困りはてた氏規は、ひそかに駿府城を訪ねて家康に釈明した。

「過分のご配慮をいただきながらこのような仕儀になり、まことに申し訳ござらぬ」

氏規は氏政との交渉に疲れ果て、目が落ちくぼみ頰がそげ落ちるほど憔悴《しょうすい》していた。

「美濃守どの、大事ござらぬか」

家康は三歳下の旧友を気遣わずにはいられなかった。

「面目なきことながら、兄氏政の許しを得ることができません。食事も喉を通らぬ日々がつづいております」

「朝日を同行させなければ、お許しが得られるものと思っておりました。他に何が問題なのでしょうか」

「それがしもたずねましたが、何も答えてはくれませぬ。ならぬものはならぬと言うばかりでござる」

北条氏規は思い詰め思いあまって、泣き出しそうな顔をしていた。

「それがしの上洛に使者を同行させれば、当家の後塵《こうじん》を拝することになるとお考えなのでしょうか」

「それがしには、分かりかねます」

「関白どのは北条家とは個別に交渉すると言っておられます。ですから当家との和睦の交渉の際に、北条家のことは触れないようになされました。使者を同行するように求められたのは、今後の交渉役となる人物と下話をしたいからで、正式な交渉に入るための準備とお考えいただきたい」

「そのことも兄に伝えましたが、何も答えてはくれません。あるいは三河守どのと同等の縁組をしなければ、格下にされると考えているのかもしれませぬ」

「それでは氏政どのは、この先どうしようと考えておられるのでしょうか」

「時間をかせげば天下の情勢が変わると考えているようですが、それについても何も語ってくれないのでございます」

氏規は氏政に拒絶されながら、針の筵《むしろ》に座る心地で説得をつづけてきたようだった。

「氏直どのは、いかがでしょうか」

「あれは兄には何も言えません。黙って横に座っているばかりでござる」

「分かりました。それではあと半月待ちましょう。八月末までに氏政どののお考えが変わらなければ、同行はかなわないと関白どのに報告させていただきます」

氏規が韮山城にもどった二日後、督姫から季節の礼物がとどき書状が添えられていた。北条家中では、関白秀吉との和睦をめぐってお家騒動が起こっているという。

「その原因は義父上《ちちうえ》さまにあります。和睦に応じれば当主の座を失うと危惧し、氏規さまを目の敵《かたき》にしておられるのでございます」

督姫はそう記していた。

中立的な立場から見れば、北条氏政の懸念も故なきことではなかった。

氏政は四十九歳。北条家の第四代当主として、関東の大半を版図に組み込む功を立ててきた。

母は今川氏親《いまがわうじちか》の娘で、妻は武田信玄《たけだしんげん》の娘だから、関東の武家の本流を受け継いでいるという自負は人一倍強い。

ところが関白秀吉との和睦に応じて臣従したなら、信長に逆らって亡《ほろ》ぼされた今川、武田の縁者であることが弱点になるおそれがあった。

そして家康の娘婿である氏直や、家康とは旧知の間柄である氏規に実権を握られることになりかねないと危惧したのである。

「しかもこれはお義父上さまだけのお考えではありません。弟の氏照《うじてる》さま、氏邦《うじくに》さまも同じお考えなので、ご兄弟の中で氏規さまは孤立しておられるのでございます」

督姫は夫の氏直のことについては一言も記していない。だがこうした内々の話は氏直から聞いたとしか考えられないので、この書状を送ったのも氏直の差し金かもしれなかった。

これでは氏規の身が危うい。氏政を無理に説得しようとすれば、家中で孤立して誅殺《ちゅうさつ》されるおそれさえある。

家康はそう考え、酒井忠次を氏政のもとにつかわして改めて使者を同行させてくれるように頼んだ。

「以前に美濃守氏規どのを同行させてくれるように頼んだが、あれは思慮が足りぬことであったと反省している。氏政どののお目にかなった方ならどなたでも構わぬので、なるべく早くご返答をいただきたい」

そう伝えるように命じて忠次を送り出したが、氏政は八月末になっても返答をしなかった。

同意を得られないまま上洛すれば、北条家との溝を決定的に深めることになりかねない。それだけは何としても避けようと九月半ばまで待ちつづけていると、しびれを切らした秀吉から催促が来た。

上洛について相談したいので、九月下旬に岡崎城まで使者をつかわすというのである。

九月二十四日、家康は秀吉の使者を迎えるために岡崎城へ行った。

今度も小栗大六だろうと思っていたが、先触れの知らせでは大坂からは浅野長吉(長政)、尾張から織田有楽斎らが来るという。

これはただ事ではあるまいと気を引き締めて待っていると、二十六日に一行が岡崎城にやって来た。長吉の供は富田知信と津田《つだ》盛月《もりつき》。有楽斎の供は滝川雄利と土方雄久の強面《こわもて》二人がつとめていた。

「本日は関白殿下のご意向を伝えに参りました」

長吉が単刀直入に切り出した。

「まずは朝日姫さまのご容体をうかがって参れとのことでござる」

「かたじけのうござる。住み慣れぬ浜松で暑気に当たって体調をくずしておりましたが、秋のおとずれと共に快方に向かっております」

家康はあらかじめ考えていた言い訳をそつなく並べた。

「上洛していただくのは無理でしょうか」

「まだ長旅をさせるのは心配です。体の芯《しん》が弱っていると、医師が申しておりますので」

「岡崎までならいかがでしょうか」

「何とかなるかもしれませんが、本人にたずねてみないと」

家康は相手の真意をつかみかねて、どちらにも逃げられる言い方をした。

「関白殿下は朝日姫さまのご容体を大変案じられ、ご母堂《ぼどう》の大政所《おおまんどころ》さまを見舞いにつかわしたいとおおせでございます。ただし浜松までは遠いので、岡崎で対面させていただきたく存じます」

「お気遣い、痛み入ります」

「それでは岡崎にお移りいただけるということでござるな」

長吉がにこやかな表情のままたたみかけた。

「いつ頃でしょうか。お見舞いに来ていただくのは」

「来月の中頃では、いかがかと」

「それなら問題ないと存じますが、関白どのは何ゆえそのようなご配慮を」

「大政所さまが岡崎におられる間に、三河守どのに上洛していただきたいのでござる」

つまり母親を人質にするということである。にわかには信じられない大胆な策だった。

「来月中頃に上洛せよと……」

家康はどう対応すべきかめまぐるしく考えを巡らした。

「三河守どのが北条氏政どのとの交渉に苦慮しておられることは、小田原に入れた者から聞いております。されど関白殿下は天下の統一を急いでおられるゆえ、これ以上待てぬとおおせでございます」

浅野長吉は手の内を明かして譲歩を迫った。

「ならば北条家の使者を同行できないことを、承知していただけるのでござろうか」

「それは改めて相談するゆえ、取り急ぎ上洛するようにとのおおせでござる」

「承知いたしました。お目にかかるのを心待ちにしていると、関白殿下にお伝え下され」

罠ではないかという懸念を抱きながらも、家康は応じる決断をしたのだった。

その夜、北条氏規あてに書状を書き、上洛を決めたいきさつを伝えることにした。

「大坂へのご使者の件についてご尽力をいただき、ありがとうございました。氏政どののご了解を得られるだろうと簡単に考えておりましたが、このような仕儀になり、ご心労はいかばかりかと拝察しております。

以前にお知らせした通り、本日九月二十六日に関白秀吉どのの使者と会い、来月中頃に上洛することを了承いたしました。朝日の母の大政所さまを見舞いにつかわし、それがしが上洛している間は岡崎城にとどめておくという大胆な申し入れをなされ、これ以上延引すれば刃《やいば》を交えざるを得なくなると判断したからです。

戦になれば、非は和睦の誓約を守らなかった当家にあることになります。また、母親まで人質にして天下の静謐《せいひつ》をはかろうとなされた関白どのに、世間の同情と支持が集まることでしょう。関白どのはそうしたことまで計算に入れて申し入れをなされているのですから、上洛に応じる以外に活路はないと決断した次第です。

北条家のご使者については改めて相談するという言質《げんち》を得ていますので、決して関白どのの離間策に屈したわけではありません。今後も両家の結束を強め、一体となって天下の動きに対処していく考えでおりますので、氏政どのによろしくお伝え下さい。

美濃守どのを頼みとしていることは、今も昔も変わりありません。取り急ぎ書面をもってお知らせいたします」

氏政がこのまま頑《かたく》なな姿勢を貫けば、秀吉との戦になりかねない。それだけは何としても回避してもらいたかった。

家康はにわかに忙しくなった。

上洛の仕度をととのえなければならないし、十月十八日に到着する大政所を迎えるために、朝日姫を連れて岡崎まで行かなければならなかった。

家康はお万を同行させることにした。秀吉の養子とした秀康《ひでやす》の母なので、朝日姫や大政所の話し相手として適任である。それに孫の登久《とく》姫や熊《くま》姫と引き合わせておきたかった。

出発は十月十四日。そう触れた直後に、於大の方がたずねてきた。近頃では家康の側室たちに一目置かれ、奥向きのことを取り仕切るようになっている。

しかも朝日姫までが何かと於大を頼るので、ますます発言力を強めていた。

「お万を岡崎に連れて行くそうですね」

於大がとがめるような口調でたずねた。

「ええ、そうさせていただきます」

「なぜですか」

「朝日や大政所さまの接待役が必要ですし、やがてお登久やお熊の養育も任せたいと考えています」

「それならなぜ、私を連れて行かないのですか」

「母上はご高齢ゆえ」

「何を言っているのです。まだ還暦前ですよ。大政所さまは七十一になられるそうではありませんか」

それなのに岡崎まで来てくれるのだから、私が行って礼を尽くすべきであろう。

於大はのしかかるように身を乗り出して迫った。

「いいのですか」

「もちろんです。女は女同士、母親は母親同士です。装束はどうしたらいいでしょうね」

「常の着物でいいのではありませんか」

「そんな訳にはいきませんよ。あなたでは埒《らち》が明かないので、朝日に相談してみることにします」

　翌朝、家康は三千余の兵をひきいて岡崎に向かった。上洛にも随行させる将兵なので精鋭を選び、きらびやかな装いをさせている。行列の中ほどには、朝日やお万、於大が華やかな輿をつらねていた。

　一行は予定通り十八日の午前中に岡崎城に着いた。そうして皆で装束をととのえ、未の刻過ぎに大政所の一行を出迎えた。

　一行の案内役は、池鯉鮒まで迎えに行った松平家忠がつとめていた。

　家康と朝日は本丸御殿で大政所を迎えた。

　大政所は天平《てんぴょう》時代の仏像のような大ぶりの顔立ちをして、白い尼頭巾をかぶっていた。首が太く手は節くれ立った働き者の体付きである。左右には五十がらみの侍女が付き添っていた。

「徳川三河守でございます。このたびは朝日の見舞いにご足労をいただき、かたじけのうございます」

家康は挨拶したが、大政所は表情ひとつ変えずに黙ったままだった。

「申し訳ございません。大政所さまはお耳が不自由なので、お言葉を伝えさせていただきます」

大政所の右側に座った侍女が、耳に口を寄せて家康の言葉を伝えた。

「なかと申します。尾張中村の百姓ですから、大政所などと呼ばれるのは恐れ多いことでございます」

これからは名前で呼んでほしいと、大政所がしっかりとした口調で告げた。

「それではなかさまと呼ばせていただきます。よろしくお願いいたします」

「ありがとうございます。朝日が病などわずろうて、ご迷惑をおかけしております」

「婚礼や転居の疲れが出たのでございましょう。それがしは明後日に都に向かい、来月十日頃にもどる予定でおります」

その間、この城でゆっくりとお過ごし下さいと言い、後のことは朝日姫に託して席を立った。そうして別室に松平康忠と松平家忠を呼び、出発の打ち合わせにかかった。

「なかさまの警固は五百人ばかりと申したな」

「騎馬が二百、徒歩《かち》が三百でござる」

池鯉鮒まで迎えに行った家忠が答えた。

「ならば我らも仰々しい備えをするわけにはゆくまい。供は一千に編成し直してくれ」

「それでは本多忠勝どの、榊原康政《さかきばらやすまさ》どの、井伊直政《いいなおまさ》どのにお願いいたしましょう」

康忠が即座に手配にかかった。

家康は二、三の書状に目を通してから、奥御殿に行ってみることにした。耳が遠いと言うので本丸御殿では多くを語ることを遠慮したが、素っ気なさすぎたのではないかと気になったのである。

長廊下を通って朝日姫の部屋の間近まで行くと、中から女たちが楽しげに語らう声が聞こえた。於大とお万、朝日と大政所で、どうやら酒を飲んでいるようだった。

家康は思わず足を止め、隣の部屋にひそんで様子をうかがった。

「こんなこともあろうかと、浜松から持ってきたじゃんね。食べてみておくれん」

「あら、これはうなぎじゃなーきゃー」

「ほうだよ。食べたことはありますか」

「ないがね。昔は貧乏だったもんで。都ではハモしか食べんで」

「形は似とりますが、うなぎの方が脂《あぶら》が乗っておいしいじゃんね。しかも浜名湖《はまなこ》名産だし」

於大となかはすっかり打ち解け、幼なじみのように生まれ在所の言葉でしゃべっていた。

「あら、おいしい。こんな風に昼間からお酒をちょうだゃーするなんて、罰《ばち》が当たるがね」

「そんなことがあらすか。なかさんは天下泰平のために岡崎まで来てくれたんだもんで、遠慮なく飲みん。酔いざましもあるで」

「酔いざまし、とは」

「柿だよ。三方ヶ原に植えた柿が食べ頃じゃんね」

「於大さんは楽しい方だがね。岡崎まで来ていただいて、本当に助かったがね」

於大となかは互いに酌《しゃく》をしあって飲んでいるようである。やがて朝日やお万にも盃を回し、座は一段とにぎやかになった。

「それにしても世の中には不思議なこともあるものだがね。あの秀吉が関白になって、天子さまのご名代をつとめとるがね」

「天子さまの落とし胤《だね》だという噂も聞いただよ」

「嫌だ、於大さん。こんな土くれみたいな女が、天子さまとお近付きになれるはずがにゃあでしょう」

襖《ふすま》が震えるくらいの声で、なかが笑い飛ばした。

「関白さまはどんなお子さまやったのですか」

「お子さまなんてもったいにゃあ。どえりゃあ寝小便たれでね。それを私の継夫にようけ叱られてまって、家を飛び出してまったんだてー」

「なかさんも再婚を」

「ええ、秀吉の父が戦で死にましたもんで。於大さんもそうやか」

「はいな。竹千代《たけちよ》が二つの時に離縁させられただよ。情けないやら馬鹿馬鹿しいやら」

「三河守さまは、どんな童《わらし》だったのかやー」

「臆病な子猿のようだったじゃんね。私の胸に抱きついて離れようとせんかっただよ」

家康が初めて聞く話である。覚えてはいないが、祖母の源応院《げんおういん》に同じように甘えていた記憶はあるので、おそらくその通りだったのだろう。

「秀吉は聞き分けのいい子だったもんで。私が野良仕事で手が離せんと分かっとるもんだで、じっと寝たふりをしとる時もあったがね」

「梅檀《せんだん》は双葉より芳《かんば》しだよ。竹千代はいつまでも乳を欲しがる子だったもんで、ようけ飲んだはずなのに乳首を離そうとせんもんで。あれには困ったもんだよ」

家康は恥ずかしさに体がかっと熱くなった。たとえ事実だとしても、ここでそんな話をすることはあるまいと言いたかった。

ともあれ四人の仲は良好のようである。家康はひとまず安堵の息をつき、逃げるように奥御殿を抜け出した。

十月二十日、家康は一千の将兵を従えて都に向かった。

この数ではさすがに心細い。鎧兜《よろいかぶと》をつけずに小具足姿で戦場に出る心地だが、五百の兵で母親を送ってきた秀吉の男気に応えなければならなかった。

（そういえば、信長公も）

甲州《こうしゅう》征伐から安土《あづち》城にもどる途中、浜松城で馬廻り衆を先に帰らせ、弓衆、鉄砲衆五百ばかりを供にして旅をつづけた。

もはや軽装で旅ができる平和な時代が来たことを身をもって示すためである。秀吉が兵を五百にしたのは、そのことが念頭にあってのことにちがいなかった。

京都に着いたのは十月二十四日である。

山科《やましな》を抜けて粟田口《あわたぐち》に入ると、頬骨が出てあごの張ったいかつい顔をした偉丈夫が裃《かみしも》姿で待ち受けていた。

「藤堂和泉守高虎《とうどういずみのかみたかとら》でござる。主秀長《ひでなが》の命によってお迎えに上がりました」

秀吉の弟秀長に仕える武辺者《ぶへんしゃ》で、槍働きばかりか築城術にも長《た》けていた。

「徳川三河守でござる。このたびは洛中に屋敷を造営いただいたとのことで、感謝申し上げる」

「三河守どのの見事な采配は、小牧、長久手の戦の折に拝見いたしました。お役に立てて感無量でござる」

高虎が感激に頰を上気させ、家康の馬の口を取って歩き始めた。歳は三十一。身長は六尺三寸（約百八十九センチ）で、馬より頭ひとつ背が高かった。

二条大路《にじょうおおじ》を西に向かいながら、家康は都のにぎわいに圧倒されていた。大路は版築《はんちく》を用いて美しく整備され、南北には新しい店がひしめくように建ち並んでいる。通りには人々が明るい顔をしてひっきりなしに行き交っていた。

武士もいれば人足もいる。馬借や車借も、荷を満載して先を急いでいる。

本能寺の変から四年、大地震から一年足らず、秀吉の大胆な政策によって都は新しく生まれ変わろうとしていた。

「今年の二月から、内野《うちの》で聚楽第《じゅらくだい》の造営が始まりました。そのために畿内、西国《さいごく》、四国の大名が出役《しゅつやく》を命じられ、十数万人の武士や人夫が集まっております」

その者たちが必要とする品々を商うために、畿内近国から多くの商人が集まっていると、藤堂高虎が家康の驚きを察して説明した。

「内野とは大内裏《だいだいり》の跡地であろう」

「さよう。いつの日か大内裏を再建する日が来ると信じて、朝廷は数百年の間空地のままにしておりました。関白殿下はその地に、楽を聚《あつ》めるという名の館《やかた》を築いておられます」

「先にいただいた書状では、わしの屋敷は西の丸に造営していると記してあったが、館は城構えなのであろうか」

「堀を巡らし本丸、西の丸、北の丸、南二の丸を配しておりますが、建物は城と御殿を折衷《せっちゅう》したものでござる」

早く見てもらいたくてたまらないのか、高虎は馬をひきずるように大股《おおまた》で歩きつづけた。

聚楽第は下立売《しもたちうり》通りの北側にあった。

高虎が言った通り本丸と三つの曲輪《くるわ》を配している。曲輪の間には広い空堀をうがち、石垣を美しく積み上げているが、やがて水を引き入れる計画のようだった。

すでに普請（土木工事）はほぼ終わり、建物の作事《さくじ》（建築）にかかっている。大工や左官など数万人が、それぞれの現場で仕事に励んでいた。

「これが西の丸の御殿でござる」

高虎が空堀にかけた橋を渡って案内した。

東西一町（約百九メートル）、南北二町ほどの曲輪に、広々とした庭を持つ立派な御殿が建っている。このすべてを家康に進呈するというのである。

「ほぼ完成しております。今日と明日はここでゆっくりお過ごし下され」

藤堂高虎は後に築城の名手とうたわれる男である。

出身地の藤堂村（滋賀県犬上《いぬがみ》郡甲良町《こうらちょう》）は甲良大工を輩出したことで知られているし、主の羽柴《はしば》秀長が居城としている大和郡山《やまとこおりやま》は、数々の寺院建築を手がけた大和大工の本場である。

高虎はそうした人材を選《え》りすぐり、自ら設計や施工の指示をして、神社の本殿のような壮麗でどっしりとした御殿を築き上げていた。

「なんと、まるで内裏のようじゃ」

「三河守どのをお迎えする館ゆえ、心を込めて築けと主から申しつかりました。気に入っていただければ何よりでござる」

その日と翌日はこの館に泊まって将兵の足を休め、十月二十六日に高虎に先導されて大坂に向かった。

伏見《ふしみ》まで大和街道を下り、淀《よど》川ぞいの道をたどった。高虎は川船の用意もしていると勧めてくれたが、そこまで気を許すことはできなかった。

毛馬《けま》を過ぎて淀川の支流にそってしばらく下ると、前方の高台に青瓦をふいた黒壁の天守閣が姿を現した。

安土城に勝るとも劣らぬ雄大な構えである。家康はあまりの見事さに圧倒されたが、さらに驚いたのは城を取り巻く川と堀、そして高石垣の見事さだった。

規模の大きさ、造りの精巧さ、そして見る者を引き付けずにはおかない美しさ。本能寺の変から四年の間に、秀吉は各地の戦争に明け暮れながらこれだけの城を築き上げていたのである。

その経済力や力量を思うと、家康は戦なら負けぬと我を張っていた自分の小ささを思い知らされた。

「いかがでございますか。この城は」

高虎が馬を止めてたずねた。

「いつかはこのような城を持ちたいものじゃ。関白どのの度量の大きさを知らされ申した」

「縄張りをされたのは黒田如水《じょすい》どのでござる。西洋の測量法などを用いておられるのを見て、それがしも勉強になり申した」

高虎は京橋を渡り、大手門をくぐって西の丸に入っていった。外堀の幅は十四間《けん》（約二十五メートル）ほどもあり、石垣は目もくらむほどの高さだった。

西の丸御殿で羽柴美濃守秀長が待ち受けていた。すらりと背が高く、面長のおだやかな風貌をしている。朝日姫とは同父母で、顔立ちも雰囲気もよく似ていた。

「三河守どの、ようこそお越し下されました。この度は母者までが押しかけ、大変面倒をおかけしております」

「とんでもない。朝日は少し体調を崩しておりましたが、大政所さまが来て下されたお陰ですっかり元気になったようでござる」

家康は二つ年上の秀長に前々から好意を抱いている。秀吉のような才気はないが、誠実で実直な男だった。

「於大の方さままで岡崎城に来ていただいたそうで、心地良く過ごしていると知らせがありました。しばらく朝日と岡崎で暮らしたいなどと申しております」

「行き届かぬことばかりですが、お望みなら一月でも二月でも滞在していただきとうござる。また、このたびの上洛に際しては聚楽第に結構な御殿を造営していただき、かたじけのうございました」

「気に入っていただけましたか」

「あれほど見事な御殿は見たことがございませぬ。過分の賜《たまわ》り物だと恐縮しております」

「そう言っていただくと、与右衛門《よえもん》が喜びます。のう、そうであろう」

秀長はからかうように藤堂高虎に声をかけた。

浅井《あざい》家を致仕《ちし》して以来転々としていた高虎を、三百石の高禄《こうろく》で召し抱えたのは秀長である。十年前、天正《てんしょう》四年（一五七六）のことだった。

「さよう。嬉《うれ》しゅうござる。かたじけのうございます」

高虎が家康に向かって律儀に頭を下げた。

「この与右衛門は三河守どのに心酔しておりましてな。寝食を忘れて御殿の造営にかかっておりました。立派に造り過ぎたゆえ、自腹を切って費用を捻出したはずでござる」

「いいえ、決してそのような」

「何ゆえ、自腹を切ってまで」

大きな体をすくめて恐縮する高虎が身内のように思えて、家康はそうたずねた。

「と、特別のことはございません。この機会に御殿造りを学ばせていただいたのでござる」

「ところで明日のことでございますが」

巳《み》の刻（午前十時）に天守で兄者《あにじゃ》と対面していただくことになっている。秀長がそう言った時、近習が急を告げた。

「ただ今、関白殿下がお出ましになりました。明日が待ちきれないとおおせでございます」

その言葉が終わらないうちに、秀吉が小走りに駆け込んできた。

「三河守どの、よう来て下されたなも。これほど嬉しいことなゃーな」

秀吉は酒を飲んでいたらしく赤ら顔をしている。金の小袖に銀の羽織という派手な装いをして、石田《いしだ》三成《みつなり》を従えていた。

「このたびはお世話になりまする。聚楽第に御殿まで造営していただき、お礼の言葉もございません」

「兄弟じゃにゃーか。堅苦しい挨拶《あいさつ》は抜きにしてちょう」

秀吉は家康の正面にあぐらをかき、本当によく来てくれたと拝むように手を取った。

「ちょうど今、都から武家伝奏《ぶけてんそう》の公家衆《くげ》がござったんだわ。そんで祝いの酒席に付き合っとったんやが、面白くもにゃあ奴《やつ》らだで、三河守どのに会った方がどれほどええかと思ったもんで逃げ出してきたんだわ」

「何か祝い事がありましたか」

「来月七日に帝が和仁《かずひと》親王に位をゆずりゃあすんだわ。受禅《じゅぜん》（位をゆずること）とか言うそうだがね」

「和仁さまと言えば誠仁《さねひと》親王の皇子さまでは」

「そうだわ。この七月に誠仁さまが亡くなられたもんで、十六歳の皇子さまに位についていただくことにしたんだわ」

「それは……、おめでとうございます」

家康は複雑な思いだった。

誠仁親王は信長が太上《だいじょう》天皇となるのを阻止するために、近衛《このえ》前久《さきひさ》と共謀して信長を洛中におびき出し、本能寺の変を起こさせた張本人である。

秀吉はその計略を察知し、いち早く大返しを敢行して明智光秀《あけちみつひで》を討ったばかりか、計略の証拠をつかんで朝廷を脅し、天下取りのためにいいように利用してきた。

ところが関白になって誠仁親王が用済みになると、いろいろな手を使って追い詰めにかかったのだろう。親王は東宮《とうぐう》（皇太子）の座を奪われ、三ヶ月前の天正十四年七月二十四日に三十五歳の若さで他界した。

その死について当初から不審が持たれていたことは、多聞院英俊《たもんいんえいしゅん》の日記（『多聞院日記』）の七月二十六日の記述が物語っている。

〈親王様崩御《ほうぎょ》云々《うんぬん》、疱瘡《ほうそう》と云《い》はしかと云《いう》、一説には腹切《はらきり》御自害とも云々《うんぬん》、御才三十五才也と、自害ならば秀吉王に成られるは一定《いちじょう》か、天下の物怪《もののけ》也、一天ただ諒闇《りょうあん》とはこのごとき事也、浅猿《あさまし》〳〵〉

東宮であった誠仁が自害したのなら、秀吉が王（天皇）になるだろうという記述に、当時のただならぬ雰囲気が表れている。

ところが秀吉には天皇になるつもりはなかった。太上天皇になろうとして殺された信長の轍《てつ》を踏むまいと、関白になって天皇を自在に操ることにしたのである。

そこで帝にご譲位いただき、年若い和仁親王を立てることにしたのだった。

「帝はすでに七十歳になってみえる。うちのおっ母《かあ》とまあ変わらん歳だで」

前々から退位したいと言っておられたし、信長もそれを望んでいた。秀吉は臆面もなくそう言った。

「そこで新帝のご即位にあたり、おみゃあさんと小一郎《こいちろう》（秀長）を正三位中納言《しょうさんみちゅうなごん》に任じてまうことにしたんだがや。来月五日には参内《さんだい》して宣旨《せんじ》をもらうで、そのつもりでいてちょ」

「それは、身にあまる光栄でございます」

「やがては左大臣、右大臣にするで、弟二人でわしを支えてちょう」

ところでご家来衆はどうしたと、秀吉はあたりを見回した。

「遠侍《とおざむらい》に控えさせております」

「それはいかんて。ここに呼んで、みんなで一杯やろまい。祝いだで」

秀吉の発案で酒宴となった。奥座敷の上座に秀吉がつき、左右に家康と秀長が座った。

家康側の下座には酒井忠次、本多忠勝、榊原康政、井伊直政がつき、秀長側には藤堂高虎、小堀正次《こぼりまさつぐ》（遠州《えんしゅう》の父）、石田三成が並んだ。

「これは韮山の江川酒《えがわざけ》だがや。遠慮せんと飲んでちょう」

秀吉は手ずから家康に酌をしたが、これには企みがある。北条から家康に贈られたのと同じ酒を出すことで、そちらの内情は知っているとほのめかしているのだった。

「おみゃあと飲み食いすりゃあ、何でも格別の味がするんだわ。これからは兄弟二人で、新しい国造りしよまい」

「承知いたしました。よろしくお願い申す」

「明日は諸大名や公家衆の前で、おみゃあとの対面の儀式があるんだわ。そん時はわしを関白殿下と立ててちょう」

「むろんでござる。実はそれがしからもひとつお願いがござる」

「何だて」

「北条家との和睦のことでござる。このたびはご迷惑をおかけしましたが、よろしくお願い申し上げまする」

「ああ、そのことか」

秀吉はにわかに厳しい表情になった。

「三河守どのもご存じのように、信長公は古代の律令制にならって新しい国を築こうとなされていた」

秀吉が急に言葉を改めたのは、この先は公事《おおやけごと》だと分からせるためのようだった。

「それは帝から任じられた国司が諸国を治め、国土も国民も帝のものにするということじゃ。そして律令によって公平、公正に治められる。のう、存じておられよう」

「信長公からうかがっております」

「余はその方針を受け継いでおる。それゆえ検地を急がせて諸国の物成《ものな》り（生産高）を正しく把握しようとしておるし、刀狩りや城割りをすることで武士と百姓を分けようとしておる。それに公地公民であるからには、大名たちが所領を我が物とすることは許されぬ。帝から統治の権限を預かっておるだけで、命じられたなら西の大名が東へ、東の大名が西へ国替えになることもある」

家康は話を聞きながら、秀吉がこれほど厳密に信長の方針を受け継ごうとしていることに驚いていた。

朝日姫は「信長さまの志を本当に理解しているのは自分と三河守さまだけだと、兄は常々申しております」と言っていたが、それは事実だったのである。

「ところが西の果ての島津《しまづ》のような古い家は、どうしてもこの方針に従おうとせぬ。それゆえ余は来年、古《いにしえ》の朝廷が隼人《はやと》を討ったように島津を征伐するつもりじゃ。もし北条が従おうとせぬなら、蝦夷《えみし》のように討伐されるであろう」

「それは北条家にも、国替えの沙汰《さた》が下るということでしょうか」

「それは帝がお決めになることゆえ何とも言えぬ。ただ、国中のすべての大名が常にその覚悟を持ち、領民の暮らしをより良くするために働かねばならぬということじゃ」

「恐れながら、北条との取り次ぎ役はそれがしに任せていただけないでしょうか」

「余に臣従し、今言った方針に従ってくれるなら任せよう。北条を説き伏せてくれ」

「承知いたしました」

家康は北条家の安泰のために引き受けたが、やがてそれが自分の国替えの口実にされるとは思ってもいなかった。

翌日、家康は大坂城本丸御殿の千畳敷の大広間で秀吉と正式に対面した。上段の間に水干《すいかん》姿の秀吉が座り、背後には狩野永徳《かのうえいとく》が描いた巨大な唐獅子図屛風《からじしずびょうぶ》が配されていた。

大坂城本丸御殿の千畳敷は、名前の通り千畳（約五百坪《つぼ》）の広さがある。秀吉がいる上段の間の下には中段の間があり、五人の公家と秀吉の重臣五人が左右に着座していた。

公家は朝廷から派遣された武家伝奏のようだが、筆頭の位置を占めているのは近衛前久だった。重臣の筆頭は秀吉の弟秀長で、織田信雄や浅野長吉らがそれにつづいている。

五百畳ばかりの広さがある下段の間には畿内や西国の大名を中心に百名ばかりが控えているが、まわりは広々と空いていた。

三方を取り囲む襖には、狩野派の絵師たちの手によって松や梅、竹や蘇鉄《そてつ》などが趣向をこらして描かれていた。

「どうぞ、お進み下され」

家康は石田三成に案内されて中段の間に入り、秀吉の正面に着座した。

「徳川三河守でございます。拝顔の栄に浴し、恐悦至極に存じまする」

家康は大紋の袖を払って両手をつき、深々と頭を下げた。

「三河守、上洛大儀である」

秀吉が凛《りん》とした声で応じた。

「海道一の弓取りであるそちが臣従したことを、帝はひときわお喜びである。来月五日に参内してご報告申し上げるゆえ、そちも扈従《こしょう》せよ」

「ははっ。有り難きご配慮をいただき、かたじけのうございます」

「そちは余の弟である。これからは兄弟力を合わせて、天下のために尽くそうぞ」

「微力ではございますが、関白殿下に一身を捧げる覚悟で上洛いたしました。何なりとお申し付け下されませ」

家康は用意してきた言葉をよどみなく口にした。

「その申し様、まことに殊勝である。ついては近衛太閤《たいこう》を立会人とし、皆の前で固めの盃を交わすことにいたす」

秀吉の言葉を待って、三成が二人の小姓を従えて盃をのせた折敷《おしき》を運んできた。

秀吉は素早く中段の間に下り、家康と並んで前久の前に座った。

「皆さまにお知らせ申し上げます」

三成が中段の隅から下座に向かって語りかけた。

「関白殿下は新帝のご即位を機に太政大臣の職を兼ねられ、豊臣《とよとみ》姓のご下賜《かし》に与《あずか》る運びとなりました。これも近衛太閤さまのお計らいのおかげでございます」

石田三成の口上が終わると、秀吉が金の柄杓《ひしゃく》でうやうやしく近衛前久に酌をした。

前久は盃を折敷に置き、

「聞いての通りや。帝も新たにご即位なされる和仁親王も、天下の静謐を成しとげた秀吉公の働きにひときわご叡感なされておる。関白太政大臣に任じ、五摂家《ごせっけ》に準じて豊臣家の創設をお許しになったのは、そのためや」

いつもと変わらぬ威厳に満ちた口調で告げた。

「本邦史上でも指折りの英傑である秀吉公は、身共の猶子になって下された。このたびもう一人の英傑が縁者に加わり、朝廷の備えは盤石となった。皆も新しい御世《みよ》を築くために、秀吉公のご下知に従って力を尽くしてくれ」

前久は優雅な手付きで盃を干し、秀吉に差し出した。

「かたじけないご挨拶、痛み入りまする」

秀吉は大げさにかしこまって酒を飲み干し、「おみゃあさんの番だがや」と言いたげな顔で家康に盃を回した。

前久は秀吉の義父なので、秀吉の義弟となった家康にとっても義父同然となる。こうした深い縁《えにし》で結ばれたのだから、過去のことは水に流そうではないか。この固めの盃にはそんな意味が込められている。家康はそれを承知でつがれた酒を飲み干した。

翌日、聚楽第の西の丸の館にもどった家康は、七日後の十一月五日に秀吉、秀長と共に参内して帝と対面した。

十六年前に信長の供をして参内した時には、中庭に平伏してひたすら玉砂利をながめていたものだが、今度は清涼殿《せいりようでん》への昇殿を許され、帝からねぎらいの言葉をかけていただいたのだった。

この日、家康は羽柴秀長と共に正三位中納言に任じられた。

子供の頃には、殿上人《てんじようびと》といえば神様のようなお方だと教えられたものだ。その位に任じられて帝と対面していることが、夢ではないかと疑わしくなるほどだった。

すべての行事を終えて西の丸にもどると、家康は部屋にこもってぼんやりとしていた。

「殿、皆さまが祝宴を張ろうとおおせでございます」

松平康忠がうながしたが、腰を上げる気になれなかった。

参内している間も固くなっていたつもりはなかったが、内心緊張していたのだろう。戦場から引き上げて鎧を脱いだ時のように、どっと疲れが出て動けなくなっていた。

いつの間にか雪が降り始めている。そういえば昨年の大地震からそろそろ一年になるのだった。

（はたして、これで良かったのか）

家康は自責と後悔の入り混じった複雑な思いを抱えている。これが最善の道だと信じているものの、信長やお市を裏切ったという後ろ暗さを振り払えなかった。

家康は文机《ふづくえ》から熨斗《のし》がついた書状を取り出した。上洛をねぎらうために秀吉が与えた進物の目録で、白雲《はくうん》の壺《つぼ》や正宗《まさむね》の脇差など、天下の名品ばかりである。しかも近江国《おうみのくに》に在京領として三万石を拝領している。

こうして惜しげもなく人に金品を与えるのは秀吉の常套手段と分かっていながら、家康は抗うことができずに軍門に降《くだ》ったのだった。

「殿、よろしゅうござるか」

康忠が遠慮がちに声をかけた。

「始まったか。祝いの宴《うたげ》が」

「いえ、石川数正どのがお目にかかりたいとのおおせでございます」

「数正が……、すぐに通せ」

「同席させていただくのは恐れ多いと、庭先に控えておられます」

「庭先だと」

家康は中庭に面した戸を開けた。

夕暮れが迫る頃で、庭はうっすらと雪におおわれている。その軒先に石川数正が端座していた。

「殿、ご対面をいただきかたじけのうございます」

「そこでは寒かろう。遠慮はいらぬ。ここに来て火にあたれ」

「お座敷で火にあたる資格などございませぬ。本日はご昇殿の祝いと、お許しを得ずに立ち退《の》いたおわびを申し上げるべく、推参つかまつりました」

石川数正は相変わらず堅苦しくて強情である。ならばわしがと、家康は庭に下りて間近に座った。

「やつれたな。苦労が耐えぬのであろう」

「いいえ。さようなことはございませぬ」

「強がらずともよい。わしが不甲斐ないばかりに、そちには苦労をかけた」

「もったいない……、もったいないお言葉でござる」

数正は両手で膝頭を握り締め、肩を震わせて突き上げてくる激情に耐えていた。

「わしも関白殿下に取り込まれた。そちを責める気はないし、責める資格もない」

「それで良かったのでござる。今の関白殿下には、誰も太刀打ちできませぬ」

「和議を結んだ時も上洛してからも、破格の待遇をしていただいた。そなたの尽力の賜物《たまもの》であろう」

家康は平伏した数正の手を取った。やせて骨張った指が、氷のように冷たくなっている。それが哀れで、両手でさすって温めてやった。

「殿、かたじけのうござる」

数正は歯を喰《く》いしばり、声を押し殺して泣いた。

「信玄公と遠州を争った時も、穴山梅雪《あなやまばいせつ》を身方《みかた》に引き入れた時も、そちが力を尽くしてくれた。わしが五ヶ国を領する身になれたのは、そちの働きがあったからじゃ」

「殿が人質として駿府に入られたのは、八歳の時でございました。あれから三十六年、思えば夢のようでござる」

「他家において何かと不自由をしておろう。してやれることはないか」

「お気遣いは無用でござる。それがしの働きを、関白殿下は高く買っておられますゆえ」

今は和泉《いずみ》国で十万石ほどを拝領していると、数正が我意の強い誇らしげな顔をした。

「働きとは、わしを捨てたことか」

家康はほっとしてそんな冗談を言った。

「それればかりではござらぬ。殿のご上洛にあたって、何かと進言申し上げました」

「小栗大六をつかわしてくれた時から、そのことは分かっておった。おかげで心置きなく上洛することができた」

家康は素直に数正の手柄を誉め、決別のはなむけにしたのだった。

十一月七日、正親町《おおぎまち》天皇から和仁親王への受禅がおこなわれた。

皇位をめぐって織田信長と激しい鍔《つば》ぜり合いを演じてこられた正親町天皇は、七十歳で退位して太上天皇になられたのである。

帝が替われば元号も新たになるのが通例だが、この時は天正の元号が使われつづけた。秀吉が信長の遺志を引き継ぐことを示すために、改元の奏請《そうせい》を見送ったからである。

そうした一部始終を見届け、家康は翌日に都を発って岡崎に向かった。秀吉に臣従することになったとはいえ、首尾は上々と言うべきである。

ただひとつの気がかりは、秀吉から関東八ヶ国と奥羽二ヶ国の惣無事《そうぶじ》（戦闘停止）をはかるように命じられたことだった。

家康は秀吉と北条家の和をはかるために自ら仲介を申し出たが、秀吉はこの機会をとらえて関東、奥羽平定の責任を家康に負わせたのだった。

いた。

(何とも空恐ろしいお方だ)

少しでも隙を見せれば急所を突かれる。家康は秀吉の凄まじさを改めて実感していた。

十一月十一日には岡崎城にもどり、大政所や朝日姫、於大の方たちと再会した。

於大はすっかり二人と打ち解け、物見遊山に明け暮れていたという。

「於大さまがあまりに大事にして下さるものですから、すっかり贅沢《ぜいたく》が身についてしまいました。お陰さまで今生《こんじょう》の思い出になりました」

大樹寺《だいじゅじ》にも参拝させていただいたと、大政所が丁重にお礼を言った。

「お世話になったのは私です。お陰さまで天下人の育て方を教えていただきました」

於大は殊勝なことを言って大政所に怪しげな目配せをした。

どうせまた、どえりゃあ寝小便たれだの、乳首に吸いついて離れなかっただのという類《たぐい》の話をして、二人で酒を酌み交わしていたにちがいなかった。

家康は翌日、井伊直政に命じて大政所を大坂まで送らせた。朝日姫と於大も浜松城に向かわせたが、お万だけは岡崎城に残して孫のお登久とお熊の世話をするように申し付けた。

「二人は信康《のぶやす》の忘れ形見だ。どこに出しても恥ずかしくない姫に育ててくれ」

それを頼むのに、お万ほどの適任はいないのだった。

十一月二十一日に浜松城に着いた家康は、十二月四日に駿府城に移った。

これから膝詰めで北条家と交渉し、関東、奥羽の惣無事をはからなければならない。駿府に本拠地を移したのはその決意を示すためで、秀吉の了解も取りつけていた。

翌日、さっそく韮山城の北条氏規に来てもらい、上方《かみがた》の状況を伝えた。

「先日お知らせした通り、大坂城で関白殿下にお目にかかって臣下の礼を取らせていただきました。その折近衛太閤も同席され、殿下と三人で固めの盃を交わし申した」

家康は初めて氏規の前で秀吉を関白殿下と呼び、麾下《きか》に入ったことを明確に示した。

「そのことは兄氏政や氏直にも伝えました。お忙しい中書状を送っていただき、かたじけのうございました」

「お二人は何とおおせでございましたか」

「氏政には不満もあるようでございますが、事前にお知らせいただいたことなので納得したようでございます」

氏規は微妙な言い回しをして、苦悩に満ちた表情をした。

「氏規どのが大坂に同行しておられたなら、関白殿下の威勢のほどがお分かりになったことでしょう。殿下は帝の即位をつかさどるほどの力を持っておられますし、大坂城は見たこともないほど壮麗でござる」

「小田原城をしのぐほどでしょうか」

「失礼ながら比べものになりますまい。堀は総石垣で作られており、外堀の幅は十四間、高さは五間ほどもあり申す。本丸の表御殿には千畳敷の大広間があって、上段の間は金銀をちりばめた障壁画《しょうへきが》で飾られておりました」

「千畳でござるか」

氏規は信じられないようだった。

それだけの広さを確保するには巨大な屋根が必要なので、従来の建築法では重さに耐えるために何百本もの柱を立てなければならなくなるのである。

「千畳ですが、柱が少なくて広々としておりました。黒田官兵衛という者が、西洋の測量法などを用いて縄張りをしたと聞き申した」

「正三位中納言に叙位なされたとうけたまわりました。まことにおめでとうございます」

「かたじけない。実はそのことでござるが」

家康はそろそろ本題に入ろうと姿勢を改めた。

「ご存じの通り、関白殿下は古の律令制にならって朝廷を中心とした国を築こうとしておられます。天下はすべて帝や朝廷によって治められるべきであり、大名が領地や領民を私有することは許されません。律令時代の国司と同様、帝から統治を命じられて領地を預かるだけということになります」

「聞いておりまするが、それは朝廷を利用して大名から領地を奪い取るための計略ではないでしょうか」

「そのようなお考えは捨てられたがよい」

家康は容赦なく北条氏規を突き放した。

「律令制を復して天下を統一することは、亡き信長公の理想でござった。関白殿下はそれを忠実に実現しようとしておられます。それゆえ帝の意を受けて私戦を禁じた惣無事令を発令しておられるのでござる。これに背く大義名分はござらぬ」

「しかし薩摩の島津は、命に背いて豊後《ぶんご》に兵を進めたと聞きましたが」

「それゆえ関白殿下は、豊後の大友《おおとも》家に救援の兵を送られ申した。来年早々に諸大名に島津征伐の軍令を発し、自ら九州に乗り込むとおおせでござる。そうなれば総勢二十万は下りますまい」

「我らは、どうすれば良いのでしょうか」

氏規は追い詰められた表情をした。

「それがしが北条家との仲介役を務め申す。関東八ヶ国、奥羽二ヶ国の惣無事をはかるように命じられましたゆえ、指示に従っていただきたい」

「むろん従いますが、今の所領を維持できるようにしていただかなければ、兄氏政を説得することはできませぬ。その言質《げんち》を取ることはできないでしょうか」

「それは帝がお決めになることだと、関白殿下はおおせられた。時を移せばご心証を害することになりかねぬゆえ、一刻も早く氏政どのか氏直どのが上洛されるようにしていただきたい。申し上げにくいことでござるが、関白殿下は古の朝廷が隼人や蝦夷を征伐したように島津や北条を討つとおおせられた。これは島津を討つ前に北条を上洛させよという意味であろうと存ずる」

「ならばひとつ、お願いがござる」

「何かな」

「当家は今も常陸《ひたち》の佐竹《さたけ》や下野《しもつけ》の宇都宮《うつのみや》と戦の最中でござる。彼らにも兵を引くよう、関白殿下に命じていただきたい」

「承知いたした。その旨上奏いたしましょう」

天正十五年（一五八七）の元日早々、秀吉は島津征伐の軍令を発し、春の到来を待って九州に動座することを明らかにした。

それを告げる秀吉の使者が、松の内が明けたばかりの駿府城にもやって来た。

「総勢は二十万。大手の筑前《ちくぜん》から関白殿下が進まれ、搦手《からめて》の豊後からは羽柴秀長さまが進まれます」

対する島津勢は五万にも満たないので、勝敗は明らかだと使者が告げた。

家康は出陣見舞いに金三千両（約二億四千万円）を送ると同時に、酒井忠次を上京させて秀吉との交渉に当たらせた。

目的は出陣を見届けることと、北条氏規の求めに応じて佐竹義重《よししげ》と宇都宮国綱《くにつな》に兵を引かせることである。

秀吉の対応は早かった。忠次から話を聞くなり、佐竹のもとには石田三成を、宇都宮には富田知信をつかわして惣無事令を厳守させると約束したのである。

「そればかりではございませぬ」

忠次の使者は胸を張って新たな情報を告げた。

秀吉は小笠原貞慶と真田昌幸を上洛させ、駿府城を訪ねて家康に臣下の礼を取るように命じると明言したという。

「関白殿下は殿に惚《ほ》れ込んでおられるようだと、主忠次は申しておりました」

家康はこのことを北条氏規に伝え、秀吉が九州征伐に出る前に氏政か氏直を上洛させるように再度求めたが、北条家の動きは不可解だった。

上洛に応じると言っておきながら、年が明けると小田原城の改修工事にかかり、城下町のまわりに二里半（約十キロ）にもおよぶ惣構え（塀と堀の防御施設）をもうけることにしたのである。

そればかりか松井田《まついだ》城（群馬県安中《あんなか》市）、箕輪《みのわ》城（群馬県高崎《たかさき》市）、金山《かなやま》城（群馬県太田市《おおた》）、岩槻城《いわつき》（埼玉県さいたま市）、栗橋城（茨城県猿島郡五霞町《さしまごかまち》）、足柄城《あしがら》（静岡県駿東郡小山町《すんとうおやまちょう》）などを改修し、秀吉勢が進撃してくると予想される東海道には新たに山中城《やまなか》（静岡県三島市《みしま》）を築き始めたのだった。

これは家康の努力を台無しにする敵対行為である。こんなことでは北条家の存続が危うくなるばかりだと警告したが、氏規には兄氏政を中心とする主戦派を説得することができないのだった。

「まことに痛恨の極みにて、力の無さを恥じ入るばかりに御座候」

北条氏規は書状を送って窮状を訴え、家康との約束をはたせないことを詫びると同時に、見限らないでほしいと懇願していた。

家康は書状を何度も読み返し、今の氏規は二年前の石川数正と同じだと思った。

数正は秀吉との取り次ぎをつとめ、家康に秀吉と和睦するように進言した。真田昌幸との戦で二度も敗れた後だったので、家康もその進言に応じる決意をしたが、重臣たちが全員反対したために戦いを続けざるを得なくなった。

このために数正は面目を失って出奔したし、深志城《ふかし》の小笠原貞慶も秀吉方になった。

あのまま決戦におよんだなら、おそらく徳川家は滅亡するか秀吉にみじめに屈服しただろう。ところが天正大地震という天災が、すんでのところで家康を救ったのである。

(あの時の数正と同じ立場に、氏規どのも追い込まれておられる)

そう思えば、無下《むげ》に見限ることなどできはしない。そもそも領地と領民を返上せよと言えば、一所懸命の地を守ることを身上としてきた武士たちが受け容《い》れ難いと思うのは無理もないのだった。

三月一日、秀吉は新帝の見送りを受けて都を発ち、島津征伐に向かった。

家康はこの日に合わせて朝日姫を駿府城本丸の奥御殿に迎え、正妻として遇することにした。

松平家忠らの尽力により、駿府城は二重の堀を持つ美しい城に生まれ変わっている。中でも奥御殿はひときわ壮麗に仕上がっていた。

「冬は竜爪山《りゅうそうざん》から吹き下ろす風が冷たい。都暮らしが長いそなたには負担になろうと、春になるのを待っていたのだ」

家康は朝日姫の手を取って奥御殿に連れて行った。

「このように立派な御殿、わたくしにはもったいのうございます」

「そなたはわしの正妻じゃ。浜松城には母上や側室たちがいて不自由な思いをさせたが、この御殿はそなただけのものじゃ。手足を伸ばしてゆるりと過ごしてくれ」

「かたじけのうございます。ならばひとつ、お願いがございます」

朝日姫が嫁いで初めて頼み事をした。

「何かな、朝日。遠慮なく言ってくれ」

「法華宗の寺にお参りしとうございます。城下に良きご住職がおられれば、引き合わせていただけないでしょうか」

「お安いご用じゃ。城下の本覚寺《ほんがくじ》は日蓮《にちれん》上人の直弟子《じきでし》が開基されたと聞いておるゆえ、さっそく住職にたずねてみよう」

家康は朝日姫に初めて頼み事をされたのが嬉しくて、妙に張り切っていた。

第六章

バテレン追放令

三月十八日、酒井忠次《さかいただつぐ》が真田昌幸《さなだまさゆき》と小笠原貞慶《おがさわらさだよし》を連れて駿府《すんぷ》城に来た。

家康《いえやす》はまず忠次とだけ対面し、秀吉《ひでよし》と上方《かみがた》の状況を確かめた。

「関白殿下は三月一日に三万の軍勢をひきいて九州に向かわれ申した。出陣に際しては新帝が節刀《せっとう》を授けられ、朝廷の命《めい》を受けた征伐軍であることを示されました」

秀吉は馬廻り衆三千に総金の鎧をまとわせ、錦《にしき》の御旗《みはた》を高々とかかげていたという。

「総金とは金箔《きんぱく》か、それとも金泥《きんでい》か」

「殿の金陀美《きんだみ》具足に劣らぬ良品でござった。おそらく金粉を膠《にかわ》で塗った金泥でございましょう」

「金陀美具足を三千か」

そのきらびやかな光景を思い浮かべ、家康は秀吉の財力の果てしなさに改めて驚かされた。

「軍勢は二十万と聞いたが、まことか」

「まことのようでござる。畿内、近国、西国《さいごく》の大名がことごとく従っており、兵糧《ひょうろう》、弾薬を補給するための兵船一千隻《せき》が畿内の港から九州へ向かったと聞きました」

　忠次は壮大な秀吉の出陣ぶりを見て、驚きのあまり度を失ったようである。その興奮が言葉の端々に表れていた。

「真田と小笠原はどうじゃ」

「当家に臣従させるという約束に偽りはございませぬ。真田安房守《あわのかみ》（昌幸）どのも小笠原右近大夫《うこんたゆう》（貞慶）どのも、異議なく殿に従うとおおせでござる」

「ならば一人ずつ対面して真意を確かめたい。まずは小笠原を呼んでくれ」

　家康は与《くみ》しやすい方から先に会うことにした。

「ご無礼つかまつる」

　小笠原貞慶が敷居の外で平伏して丁寧に頭を下げた。

　四十二歳になる頑丈な体付きをした武将で、弓で鍛え上げた腕は丸太のようだった。

　家康は小笠原貞慶を近くまで呼び寄せ、駿府まで来てくれた労をねぎらった。

「過分のお言葉をいただき、かたじけのうござる。関白殿下のお申し付けにより、徳川三河守《とくがわみかわのかみ》どのの傘下に入らせていただくことになりました」

「殿下から話は聞いておる。そちと真田が従ってくれれば、信州《しんしゅう》の備えは万全じゃ。

ついてはひとつ、たずねたいことがある」

「何でございましょうか」

貞慶が武人らしい度胸の座った目を、真《ま》っ直《す》ぐに家康に向けた。

「石川数正《いしかわかずまさ》のことじゃ。出奔したいきさつを教えてくれぬか」

「数正どのはそれがしの嫡男幸松丸《ちゃくなんこうまつまる》を、証人として預かっておられました。ところがそれがしは深志《ふかし》城と所領を守るために、三河守どのから離反する決断をいたしました」

「それは関白殿下からの調略か」

「上杉景勝《うえすぎかげかつ》どのを通じて、殿下から誘いがありました。しかしそれがしが離反すれば、証人である幸松丸は命を絶たれます。そのことを殿下に申し上げると、それなら石川数正どのも身方《みかた》にするゆえ心配するなとおおせられたのでござる」

「関白殿下は、どうやって数正を調略されたのだ」

「詳しいことは存じませぬ。それは数正どのにたずねていただきたい」

貞慶は慎重に数正の名誉を守ろうとした。

「実は昨年上洛した折、数正が詫びに来た。わしは数正を責める気はないし責める資格もないと言って和解した」

「それは数正どのからうかがい申した」

「ところがその時、肝心なことを聞き忘れた。今さら数正に聞くのも具合が悪いゆえ、そちに教えてもらいたいのだ」

「ならば申し上げまする。関白殿下は数正どのに、徳川家を救うためにわしに仕えよとおおせられたそうでございます」

「…………」

「三河守どのはあの時、上田城《うえだ》での戦いで二度も真田どのに敗れておられました。あのまま関白殿下と戦われたなら、とうてい勝ち目はなかったでしょう」

「うむ、そうであろうな」

「ところが重臣衆を制することができずに、決戦の道を選ばれたのでございます」

　貞慶は腹をくくり、歯に衣きせずに的を射たことを言った。

「それゆえ数正は、わしが負けた場合に備えて秀吉どのに仕えたということか」

「三河守どのは日《ひ》の本《もと》にはなくてはならぬお方ゆえ、生かす道を残しておきたいと、関白殿下はおおせられたそうでございます。たとえ余に大敗しても、数正どのが我が手のうちにあれば三河、遠江《とおとうみ》、駿河《するが》くらいは安堵してやれると」

「さようか……」

家康は一瞬虚をつかれたが、よく考えてみればそうかもしれぬと思い直した。

秀吉は家康との合戦だけではなく、この先日本をどうするかということまで見据えていた。秀吉に対抗することしか眼中になかった家康とは格がちがったのである。

だからこそ数正を交渉の切り札として取り込もうとし、数正もそれ以外に徳川家の存続をはかる手立てはないと考えて応じたにちがいなかった。

「ところで、そちの嫡男幸松丸のことだが」

歳《とし》はいくつになったと、家康は気を取り直して話題を変えた。

「十九でございます。今は関白殿下の一字をいただいて秀政《ひでまさ》と名乗っております」

「さようか。縁談などはあろうか」

「いいえ、まだ」

貞慶は何を言われるかと内心身構えたようだった。

「倅《せがれ》の信康《のぶやす》のことは知っておろう」

「むろん存じております。その頃三河国で匿《かくま》っていただいておりましたゆえ」

「あれの長女が十二になった。七つ下だが釣り合いの取れぬ歳ではあるまい」

「秀政の妻に、登久《とく》姫さまをいただけるということでしょうか」

「そうじゃ。わしの孫では不足か」

「いえ、決してそのような」

「祝言は先でも構わぬが、縁組をしたなら秀政には駿府城で過ごしてもらいたい」

これは臣従の証《あかし》に人質を差し出せと言うに等しい。だが秀吉の手前あからさまなこともできないので、縁組をすることにしたのだった。

貞慶を下がらせると、家康はしばらく息を継いだ。数正が出奔した理由を知り、雪の積もった庭で平伏していた姿が頭から離れなくなっていた。

「殿、そろそろ」

真田昌幸を呼ぶべきだと、酒井忠次がうながした。

真田昌幸はひょろりとした体付きをしていた。小笠原貞慶の一つ下の四十一歳だが、武将らしい覇気や闘気とは無縁のおだやかな表情をしている。

（これが……）

何度も煮え湯を飲まされた男かと拍子抜けがするほどだが、それが擬態だということに家康はすぐに気付いた。

鳥や獣の中には、まわりの景色に合わせて体色を変えるものがいる。昌幸もこの場に合わせておだやかさを装っているだけで、必要とあらば鷹《たか》のように敏捷《びんしょう》で獰猛《どうもう》な動きをするにちがいなかった。

「真田安房守昌幸と申します。初めてお目にかかります」

昌幸も敷居の外から挨拶した。

「うむ」

家康は短く応じただけだった。

酒井忠次が目で催促したが、中に入れとは言わなかった。

「このたび関白殿下のお申し付けにより、三河守どののご下知に従うことになりました。よろしくお願いいたします」

「よく乗り切ったものだな」

「と、おおせられると——」

「武田《たけだ》家が滅亡し、本能寺《ほんのうじ》の変が起こり、信濃《しなの》や甲斐《かい》は争乱の巷《ちまた》となった。その荒波をそなたは見事な舵《かじ》取りで乗り切った」

「お誉めにあずかり、恐悦に存じます」

「武田を見限って上杉《うえすぎ》につき、上杉に従うふりをして北条に内通し、北条が当てにならぬと見てわしに従った。ところがわしが関白殿下と対立して劣勢になると、上杉に仲介を頼んで殿下の麾下《きか》に入った。それもわずか五年の間の変わり身じゃ」

「そうして再び三河守どのに従うことになり申した。これもご縁でございましょう」

昌幸は動じる気配もなく受け流した。

従順を装いながらも、心の中では対等だという誇りを失わない。それが昌幸を支えている土性骨《どしょうぼね》のようだった。

「どうしたらそのような生き方ができる。教えてくれぬか」

「それがしは十万石程度の所領を守ろうと、必死に知恵を絞ってきたにすぎません。五ヶ国の太守になられた三河守さまに較《くら》べれば、鮒《ふな》と鯉《こい》ほどのちがいがあります る」

「上田城の住み心地はどうだ」

あれは当家が進呈したものだがと、家康はもう一歩詰め寄ってみた。

のうございました」

「上田城は使い勝手が良く住むのに快適で、たいへん重宝しております。かたじけ

真田昌幸がにこりと笑って頭を下げた。

「あの城は上野《こうずけ》の沼田《ぬまた》領を北条家に引き渡す堪忍《かんにん》料として進呈したものだ。ところがそなたは城をもらっておきながら、沼田領を北条家に渡さなかった」

「あの折、沼田領の代替地として川中島《かわなかじま》四郡を与えると、三河守どのはおおせでござった。上田城はそれが実現するまでの堪忍料だと思っておりました。ところが川中島四郡がいただけぬゆえ、沼田領を手離すわけにはいかなくなったのでございます」

「上田城は川中島四郡を上杉から奪い返すための拠点だと、城を引き渡す時に伝えてある。ところがそなたは一向に進軍しないばかりか、ひそかに上杉に通じていたではないか」

「勝算があればすぐにも進軍するはずでございました。ところが北信濃の国衆《くにしゅう》は上杉方になり、三河守どのからの援軍も到着しませんでした。それゆえ動きたくとも動けなかったのでございます」

「我らが上田城を攻めた時には、二度も苦杯をなめさせられた。動けなかったのではなく、動かなかったのであろう」

「所領を守るのと敵地に攻め込むのとでは意味がちがいます。それに徳川方と戦った時には、天気が身方してくれたのでござる」

昌幸は一向に動じない。その沈着さは見事と言うしかなかった。

「沼田領の件では、今も北条と争っておるな」

「あの地は越後《えちご》に通じる交通の要地で、当家の大きな財源でございます。北条に渡すわけには参りませぬ」

「わしは関白殿下から、関東と奥羽《おうう》の惣無事《そうぶじ》をはかるように命じられた。北条との戦も停止してもらわねばならぬ」

「それがしも関白殿下からそのように命じられました。おおせに従いますゆえ、公平な裁定をしていただきとうございます」

「こうして話してみて、いろいろなことが腑に落ちた。これからは当家の指示に従い、信濃の安定のために尽くしてくれ」

家康は昌幸を近くに呼び、褒美《ほうび》の脇差《わきざし》を与えた。

「かたじけのうござる」

昌幸は両手でうやうやしくおしいただき、ついてはひとつお願いがあると言った。

「それがしの嫡男信之《のぶゆき》は、今年で二十二になります。徳川家と縁組をし、臣従する証とさせていただきとうございます」

「似合いの娘も孫も、わしは持たぬが」

「さすれば重臣方の娘御を養女にして、嫁がせていただけないでしょうか。むろん縁組の後は、駿府城に出仕させていただく所存にございます」

真田昌幸は小笠原貞慶から縁組のことを聞き、自分も同等の扱いをしてもらいたいと望んだのである。

「心当たりがあるようだな。その重臣に」

「本多《ほんだ》平八郎忠勝《へいはちろうただかつ》どのは、於子亥《おねい》どのという十五になられる姫をお持ちだと聞きました。このお方を三河守どのの養女にして嫁入りさせていただければ、末代までの誉れに存じます」

「何ゆえ平八郎なのじゃ」

「上田城での戦いの折、見事な采配ぶりを拝見しました。このような方の娘御を倅の嫁にできれば、末永く真田家の安泰をはかれると思いましたので」

「分かった。平八郎に伝えておこう」

家康は確かな返事をしないで昌幸を下がらせた。本性をむき出しにした臆面のなさに、これ以上話をするのが嫌になったのである。

「お腹立ちはもっともでござるが、あれが真田流の処世なのでございましょう」

同席した酒井忠次は、昌幸のしたたかさに舌を巻いていた。

「あれは山の獣のようなものだ。手なずければ心強い身方になろうが、油断をすればいつ嚙みつかれるか分からぬ」

家康のこの予感は、十三年後に最悪の形で的中するのだった。


家康は昨年十一月に上洛し、藤堂高虎《とうどうたかとら》と打ち解けた間柄になっている。高虎は羽柴秀長《はしばひでなが》の家老として九州に出兵し、豊後《ぶんご》からの道を南下して薩摩《さつま》に迫っているので、手紙を出して状況をたずねることにした。

五月四日付の手紙の内容は次の通りである。

「その後ご様子いかが候か承《うけたまわ》りたく候間、重ねて飛脚をもって申し候。追日《ついじつ》平均仰せ付けらるべく候よし推察され候。昼夜別して御辛労共に候」

平均仰せ付けるとは、島津《しまづ》を征伐して九州を平定するという意味である。

高虎から様子を知らせる返書が来たのは、六月になってからだった。

藤堂高虎の書状には戦場《いくさば》にいて返信が遅れた詫びと、豊後に進攻して以後の羽柴秀長軍の動きが記されていた。

三月下旬には秀長は毛利輝元《もうりてるもと》、蜂須賀家政《はちすかいえまさ》、黒田官兵衛《くろだかんべえ》ら九万余の軍勢をひきいて日向《ひゅうが》に進攻し、土持久綱《つちもちひさつな》が守る松尾城《まつお》（宮崎県延岡市《のべおか》）を落とした。

四月六日には日向の高城《たか》（宮崎県都城市《みやこのじょう》）を包囲し、城将の山田有信《やまだありのぶ》に降伏を呼びかけたが、有信は島津勢の援軍を待って頑強に抵抗をつづけた。

そして四月十七日には、島津義弘《よしひろ》、家久《いえひさ》兄弟がひきいる三万余が、秀吉配下の宮部継潤《みやべけいじゅん》らが守る根白坂《ねじろざか》の陣所に夜襲をかけた。

急を聞いた秀長は高虎に一万余の軍勢をさずけて救援に向かわせ、何とか島津勢を撃退することに成功した。

「この時それがしはいち早く宮部どのの陣所に駆け込み、空堀や土塁を越えて攻め込んでくる島津勢を明け方まで防ぎ抜きました。島津勢の突撃ぶりは聞きしに勝る鋭さで、あやうく陣所の内堀を乗り越えられるところでした」

救援に駆けつけるのがもう少し遅れていたなら、根白坂の身方は全滅していただろう。高虎はそう記し、敵ながらあっぱれな戦ぶりだったと称賛していた。この戦で島津勢は一万以上の将兵を失っていることが、捨て身の突撃を物語っていた。

五月になると秀長軍は日向野尻《のじり》城（宮崎県小林《こばやし》市）まで進み、北から島津領に攻め込む構えを取った。

抵抗し難いと観念した島津義久《よしひさ》は、五月三日に秀長に使者を送って降伏することを伝え、秀吉への取りなしを頼んだ。

秀長はさっそく、薩摩川内《せんだい》の泰平寺《たいへいじ》に着陣していた秀吉に使者を送ってこのことを伝えた。秀吉は義久の降伏を受け容《い》れ、五月八日に剃髪《ていはつ》した義久と対面して所領を安堵した。

「こうした寛大な処分をなされたのは、島津家とつながりの深い近衛龍山《このえりゅうざん》（前久《さきひさ》）公の口添えがあったからだと聞いております。関白殿下は五月末に八代城《やつしろ》（熊本県八代市）に至り、肥後《ひご》一国を佐々成政どのに与えるとの命を下されました。その翌日隈本《くまもと》（熊本）城に移られ、筑前《ちくぜん》におもどりになるとのことでございます」

高虎はまだ日向野尻城にとどまり、島津家が本当に服属するかどうか見極めているという。

藤堂高虎の書状の後にも、家康のもとには秀吉が発した使者が次々にやって来て続報を伝えた。

六月二日に肥後隈本（熊本）城を発《た》った秀吉は、七日に筑前箱崎《はこざき》に諸将を集めて九州の国分けをおこなった。

筑前一国、および筑後《ちくご》、肥前《ひぜん》各二郡を小早川隆景《こばやかわたかかげ》。

筑後三郡を小早川秀包《ひでかね》（隆景の弟で養子）。

肥前四郡を龍造寺政家《りゅうぞうじまさいえ》（鍋島直茂《なべしまなおしげ》の主君）。

豊前《ぶぜん》六郡を黒田官兵衛孝高《よしたか》。

豊前二郡は森吉成《もりよしなり》（毛利勝信《かつのぶ》）等々、九州北部の勢力図を大きく塗り替え、国衆を新しい領主の支配下に組み込んだ。

六月十一日には石田三成《いしだみつなり》、小西行長《こにしゆきなが》、長束正家《なつかまさいえ》らを奉行に任じ、博多《はかた》の復興と町割を命じた。六月十九日にはバテレン追放令を発し、キリスト教の宣教師は二十日以内に日本から出国するように命じた。

「これが追放令の原文でございます」

秀吉の使者が一通の書状を差し出した。

五条から成るもので、第一条には「日本は神国たるところ、キリシタン国より邪法を授け候儀は、はなはだもって然《しか》るべからず候事」と記されている。

第二条ではキリシタン大名が領民を信徒にし、神社仏閣を破壊しているのはけしからんと糾弾《きゅうだん》し、第三条では今日より二十日の間に用意して帰国するように命じている。

ただし第四条では、南蛮《なんばん》船が貿易にやって来るのは問題ないのでこれからも継続するように求め、第五条では「今より以後仏法のさまたげを成さぬ輩《やから》は、商人の儀は申すに及ばず、いずれにてもキリシタン国より往還苦しからず候条、その意を成さるべき事」と、制限付きながら通商や往来は旧来通りで構わないと認めていた。

「確かに承知いたした。手厚くお知らせいただきかたじけないと、関白殿下にお伝えいただきたい」

家康は秀吉にあてた礼状をしたためて使者に託した。

「殿下は来月の中頃にはご帰洛《きらく》なされる予定でございます。その折には戦勝を祝って一献かたむけたいとのおおせでございます」

使者はさりげなく告げたが、これは戦勝祝いのために上洛せよということだった。

家康は『吉利支丹伴天連《キリシタンバテレン》追放令』と記された書状をしばらくながめてから、本多正信《まさのぶ》を呼んだ。

「関白殿下からこのような書状が来たが、そちはどう思う」

家康が差し出したバテレン追放令の文面に、正信はじっくりと目を通した。

最初は全文を読み流し、次に一条ずつ吟味していく。時折あごの張ったいかつい顔に、人を小馬鹿にしたような薄笑いを浮かべた。

「どう思う、とおおせられますと」

書状を元の通りに畳み終えてからたずねた。

「そちは以前、本能寺の変の後に秀吉どのが明智光秀《あけちみつひで》を打ち破ることができたのは、イエズス会とスペインの後押しがあったからだと申した」

「さよう。クリスタンの情報網によって変が起こるのを知り、シメオン官兵衛の手配で大返しの仕度をととのえておりました。その後もイエズス会を通じて、硝石《しょうせき》や鉛などを潤沢に入手しております」

「ならば何ゆえこのような追放令を出す。これでは恩人を裏切るようなものではないか」

「都合が悪くなれば、恩人だろうが主人だろうが切って捨てる。それが関白秀吉どのの強みでござる」

「ならばどう都合が悪くなった。何を目的として、このような追放令を発したのだ」

「さようでござるな」

正信はあごに手を当ててしばらく考え込み、理由は三つだろうと言った。

「ひとつは九州に行って、イエズス会が何をしているかを知ったことでござる。九州は彼らの布教の先進地ゆえ信者の数が多く、手当たり次第に神社仏閣を破壊しております」

「ふむ。そう聞いたことがある」

「しかも大村純忠《おおむらすみただ》どのはイエズス会の歓心を買うために、長崎や茂木《もぎ》の港を寄進されました。彼らはその地に要塞《ようさい》を築き、我が領地のように守りを固めております。それに九州の諸大名は貿易の資金を得るために、戦で捕らえた敵地の領民を南蛮人に売っております。イエズス会もこうした人身売買に関わり、日本人の娘たちを南蛮に売り飛ばしていると申します」

正信は一向宗《いっこうしゅう》の情報網によって、遠く離れた九州の状況を的確につかんでいた。

「それを禁じるために、バテレンを追放することになされたということか」

「秀吉どのは関白太政大臣《だいじょうだいじん》になられたゆえ、この国の民すべてを守らなければなりません。それに神社仏閣の破壊など、朝廷の手前、絶対に許すことはできないのでござる」

「朝廷の意向が、バテレン追放令発布のふたつ目の理由ということか」

「かつて正親町《おおぎまち》天皇は、宣教師が洛中で居住や布教をすることを禁じておられます。信長《のぶなが》公はそれを無視して彼らの自由を認められましたが、勅命が取り消された訳ではござらぬ」

正信は以前、秀吉がイエズス会の支援を得ていることが、反キリスト教勢力の反発を招き、家中の分断が起こる。それが大きな弱点になるだろうと予言したが、関白になって朝廷の権威を後ろ楯にしたことで、その矛盾や亀裂はますます大きくなったのだった。

「もうひとつは何だ」

「詳しくは分かりませんが、秀吉どのとイエズス会の間で意見の喰い違いや対立が起こったのではないかと思われます」

「対立の原因は何だ。貿易か外交か」

「さて、それは関白どのの本陣にいる者にしか知り得ぬことでござる」

　正信にしたり顔で突き放され、家康は意地になって考え込んだ。秀吉とイエズス会が、九州征伐を終えたこの時期に対立する原因。それは何だろうと思い巡らすうちに、信長の言葉に思い当たった。

「スペインは明国《みん》を征服する方針である。ところが港は征圧できても、内陸にまで侵攻する兵力を持っていない。そこで日本から十万の兵を出せというのだ」

　甲州《こうしゆう》征伐を終え、富士遊覧の途中に二人で湯浴みをしていた時に、信長はアレッサンドロ・ヴァリニャーノにそう求められたことを語った。

　だが、大事な将兵を他国のために犠牲にしてはならないと考えて要求を断ったばかりか、イエズス会やスペインとも手を切ったのである。

　このためにイエズス会は信長を見限って秀吉に白羽の矢を立て、キリシタン大名を協力させることで天下人に押し上げた。

そして秀吉が関白になった次の年、イエズス会の日本地区準管区長ガスパル・コエリョが、大坂城を訪ねて宣教師の活動の自由を保証してもらうとともに、明国を征服してキリスト教国にするという秀吉の言質《げんち》を取ったのである。

（九州を征服した秀吉どのに、イエズス会は明国征服の実行を迫ったのかもしれぬ）

家康はそう思ったが、正信が言う通り部外者に真実を知る手立てはない。この先は秀吉に直《じか》に聞くしかないのだった。

関白秀吉が海路大坂城に凱旋したのは、天正《てんしょう》十五年（一五八七）七月十四日のことだった。朝廷は勧修寺《かんじゅじ》晴豊《はれとよ》を勅使として派遣し、九州征伐の労をねぎらった。

その五日後、家康のもとに秀吉からの使者が来た。八月一日に聚楽第《じゅらくだい》に諸大名が参集し、戦勝と八朔《はっさく》を祝うので上洛せよとの沙汰である。

家康はさっそく祝いの品々を用意して上洛の仕度を進めていたが、数日後に再び使者が来て上洛は八月四日で構わないと告げた。

羽柴秀長が体調をくずし、その日にしか上洛できない。そこで家康にも足並みをそろえてほしいというのである。

「関白殿下は徳川三河守さまと羽柴美濃守《みののかみ》（秀長）さまをともなって参内し、従二《じゅに》位《い》権大納言《ごんだいなごん》に叙してもらうとおおせでございます」

二人とも正三位権中納言《しょうさんみごんちゅうなごん》からの昇進である。足並みをそろえるのはその兼ね合いらしかった。

家康は韮山《にらやま》城の北条氏規に使者をつかわし、秀吉の戦勝を祝うために上洛するので、氏規が兄氏政《うじまさ》の名代として同行してほしいと申し入れた。

氏規は感謝の意を伝える返書を寄越し、氏政に進言すると記していたが、出発予定の七月二十七日になっても許可を得ることができなかった。

（何とか説得する手立てはないものか）

家康は北条家の行く末を案じながらも、手勢の二千をひきいて予定通りに出発し、七月二十九日に岡崎《おかざき》城に着いた。

そして八月四日に近江路《おうみじ》を都に向かっていると、大津《おおつ》城下で浅野長吉《あさのながよし》が待ち受けていた。

「関白殿下のお申し付けにより、お迎えに参りました。今夜は我が城で足を休め、上洛は明日にしていただきたいとのことでござる」

長吉が案内したのは完成したばかりの大津城だった。琵琶湖水運を支配するために造られた三重の堀を持つ城である。

秀吉は明智光秀の坂本《さかもと》城を取り壊し、湖に浮かんでいるように見える壮麗な城を、長吉に命じてわずか一年で築かせたのだった。


翌朝、食事を終えて出発の仕度をしていると、

「殿、関白殿下がお出ましになりました」

松平康忠《まつだいらやすただ》が襖の外から緊張した声で告げた。

家康はまだ麻の単衣《ひとえ》というくだけた姿である。仕度するのでしばらくお待ちいただくようにと命じていると、

「そのまま、そのまま。兄弟じゃにゃあか。遠慮はなしにしてちょ」

秀吉が有無を言わさず入ってきた。

馬で来たらしく、小袖に馬乗り袴という出で立《いた》ちだった。

「今日はおみゃあさんと話したいことがあって、こうしてやって来たんだわ。ちび

っとええか」

「むろんでございます。何のおもてなしもできませんが」

家康は秀吉を上座に招き入れ、九州での戦勝の祝いをのべた。

「またその折には、状況を伝えるご使者をたびたび送っていただき、まことに有り難うございました。お陰さまで九州の様子がよく分かりました」

「島津退治など雑作《ぞうさ》もありゃーせんかったけど、驚いてまったのはイエズス会のやり口だわ。クリスタン大名の領国《りょうごく》では神社仏閣は跡形もなく壊されとったし、娘や若者たちは遊女や召使いとして南蛮に売り飛ばされとった。中でも許せんのは、イエズス会が肥前の長崎や茂木を領地にしとったことだわ」

秀吉は筑前箱崎で実情を知り、藤堂高虎らをつかわしてイエズス会から長崎を取りもどしたいきさつを語った。

長崎はもともと大村純忠の領地で、数十戸の漁民が住む寒村にすぎなかった。ところが長崎湾が奥地まで湾入し水深もあることに目をつけたイエズス会は、貿易の独占と引き替えに長崎と茂木を寄進するように大村家に求めた。

大村純忠はこの条件を呑み、自らもキリシタンになってイエズス会と親密な関係を築いたのである。

これを放置するわけにはいかないと考えた秀吉は、バテレン追放令を楯にイエズス会を追放し、長崎を取り返すように高虎らに命じた。

その具体的な指示は以下の通りである。
一、長崎、茂木、浦上《うらかみ》の教会領を没収して秀吉の直轄地とすること。
一、長崎のまわりにめぐらした城壁と砦を破壊すること。
一、このたびの執行に対する科料《かりよう》（罰金）として関白に銀五百枚、執行吏である高虎らに銀五十枚ずつを渡すこと。
しかも長崎を明け渡した後には、宣教師たちはただちに平戸《ひらど》に移るようにという、きわめて厳しい命令だった。

「バテレンどもは約束がちがうだの国際的な信義に反するだのと言って抵抗しゃーしたが、わしは追放令を理由にして一歩も引くなと高虎に命じたがね」

「追放令を出されたのは、そのためでございましたか」

家康は何も知らないふりをして、それとなく話をうながした。

「いいや、ほかにもいくつか理由があるんだわ。そのひとつは、イエズス会に与えた教会保護状を無効にすることだで」

「保護状といえば、昨年三月の」

「ほうだわ。ガスパール・コエリョという準管区長が大坂城に来た時、求められるまんま与えてしまったんだぎゃ。あの時は奴らの機嫌を損ねるわけにはいかんかったもんで」

　秀吉が与えた教会保護状は次の通りである。
一、日本国内における布教と居住の自由。
一、教会や修道院への軍勢の立ち入り禁止。
一、宣教師に対する課税や課役の免除。
　まるで近代の治外法権に似た特権を、イエズス会に与えてしまったのだった。

「これを打ち消すためにも、ガツンと一発追放令を喰らわせてやったんだで。それにコエリョは、この時に明国出兵を求めてきて、応じるなら大型のナウ船二隻を貸与すると約束したんだわ。ほんでわしは明国を征服してクリスタン国にすると調子を合わせて請け合ったが、博多でその船を見せるように求めたところ、海軍の艦長《カピタン》の同意が得られないと言い出したんだがねー」

「なぜイエズス会は急に約束を破ったのでしょうか」

「ここだけの話やが、わしが明国出兵を請け合ったのはナウ船二隻を貸してもらうためだったんだで。あの船の造船、帆走、砲撃の技術さえ盗むことができれば、スペインなんやら恐れるに足らぬ。状況によっては明国ではにゃーて、フィリピンに兵を向けてスペインを追い払うこともできる。内心そう考えとったんが、どこからかイエズス会に洩《も》れ伝わってまったようなんだわ。大坂城ばかりか内裏《だいり》にもクリスタンはいて、聞き取ったことを逐一バテレンさまに知らせとるんだで」

これを聞いて秀吉に疑いを持ったイエズス会は、急きょナウ船の貸与を中止することにしたのだった。

「そこでわしはバテレン追放令を出し、ナウ船二隻を貸す約束を守るなら追放令を撤回すると言って揺さぶりをかけたんだわ。向こうはフィリピンのスペイン総督にうかがいを立てていて、返事待ちをしとるとこなんだで」

「追放令の中に貿易や商人の往来は従来通りとありましたが、イエズス会やスペインはそれに応じるとお考えでしょうか」

イエズス会は布教と貿易を抱き合わせにしてきたのだから、そう都合良くはいかないだろう。家康はそう考えていた。

「奴らは日本の銀や金を、喉から手が出るほど欲しがっとるんだで。貿易をやめて不利益をこうむるのはお互いさまだもんで、交渉の仕方によっては布教と貿易を切り離すことができるかもしれんわ。ただし……」

秀吉はしばらく口を閉ざし、イエズス会は陰謀家の集まりなのでどんな汚い手を使うか分からないとつぶやいた。

「黒田官兵衛、小西行長、高山右近《たかやまうこん》、それに前田利家《まえだとしいえ》や細川幽斎《ほそかわゆうさい》。わしを天下人に押し上げてくれた大名たちは、キリスト教の信者かバテレンの息のかかった者たちなんだで。バテレン追放令に内心反対しとるもんで、機会さえあればわしの首を取ろうとするかもしれん。そうなれば本能寺の変の二の舞いだで」

「本能寺の変の時には、イエズス会が裏で動いていたのでしょうか」

「そのことについては、おみゃあさんも知っとるでしょう」

「おおよそのことは聞いておりますが、詳しく聞かせていただければ有り難く存じます」

家康は意を決してそう言った。

「あれは信長公がヴァリニャーノの要求を拒否し、イエズス会やスペインと手を切られたことが始まりやった。そのためにバテレンたちは、クリスタン大名や信者たちに信長公の命令に従うなと通達を出しゃーした。信者の中には、堺《さかい》や博多で貿易に従事している商人《あきんど》もようけおるでよー」

そのために信長政権は途端に不安定になった。この状況を好機と見た足利義昭《あしかがよしあき》や近衛前久は、明智光秀を身方に引き込んで本能寺の変を起こさせた。

そうして義昭が上洛して足利幕府を再興する計画だったが、これをすべて察知して漁夫の利を狙っていた者たちがいた。

「それがイエズス会であり、彼らの命令で動く官兵衛や右近だったんだで」

「ひとつ、おたずねしてもよろしいでしょうか」

家康は剣の勝負を挑む気持ちになっている。踏み込んで間合いを詰めるのは今だと、直感的に見切っていた。

「何でも聞いてちょ。兄弟じゃにゃあか」

「関白殿下がイエズス会の計略を知られたのはいつでしょうか」

「六月三日の夕方、信長公が明智に討たれたという知らせがあった。わしはどえりゃあ驚いてまって、茫然とするばかりやったがね。そんとき黒田官兵衛が天下を取る仕度はできていると耳打ちしたんだで」

「その計略に乗られたということでしょうか」

「そうだわ。このままではきんかん頭の明智が、足利義昭を上洛させて幕府を再興してまうで。それでは上様が目ざされた新しい天下は築けなくなってまうじゃにゃあか」

秀吉は膝を叩いて力説したが、家康は聞いているうちにガラス玉のような冷たい目になっていた。

近江の長浜《ながはま》城にいた秀吉の家族や家臣は、六月三日に城を捨てて逃げ出している。事前に許可を得ていなければそんな芸当はできないのだから、秀吉は変が起こる前に計略を知っていたはずだった。

「おみゃあ、わしを疑っとるんきゃあ」

秀吉は声を荒らげて家康をにらみつけたが、これは彼一流の芝居である。すぐに相好《そうごう》をくずし、

「と、まあ、表向きはそう言っとるけど、徳川三河守はあざむかれんわな。お察し

の通り、五月の中頃には官兵衛から計略を聞いとった。毛利攻めの大将として出陣してくれるように信長公に頼んだのは、近衛龍山公が信長公を都におびき出そうとしておられることを知っとったからだで」

秀吉の使者が安土《あづち》城に着いて出陣を求めたのは五月十六日。その十二日前には誠《さね》仁《ひと》親王が女房衆を安土につかわし、三職推任《さんしきすいにん》（関白、太政大臣、征夷大将軍《せいいたいしょうぐん》のいずれにも推挙すること）の奉書を渡して信長の上洛を求めている。

十二日の時間差はあるものの、両者の動きは連携したものだったのである。

「わしは信長公に出陣を求める使者を送ることで、龍山公に身方しているように見せかけた。それが功を奏して毛利から旗と鉄砲を借りられたし、足利将軍方の先陣として京へ向かうように見せかけることもできたんだで」

「信長公を討つ企てがあることを知っていたなら、どうして止めようとなさらなかったのでしょうか」

「わしにもよう分からんのだわ。馴染んだ女子《おなご》を捨てるようなもんで、いろいろ理由はあったと思うが……」

秀吉が遠い目をして口ごもった。何かを探しあぐねたような、哀しみと淋《さび》しさがただよう眼差《まなざ》しだった。

「ひとつは、信長公のやり方では天下は治まらんと見切りをつけたことかもしれん」

「信長公がイエズス会やスペインと手を切られたためでしょうか」

「それもあるが、太上天皇になって朝廷の上に立つことが許されるはずはにゃあ。そんなことをすれば将軍方に寝返る者が続出し、わしらは敵の中に孤立することになってまう。現に本能寺の変の直前には長宗我部元親《ちょうそかべもとちか》が将軍方となり、明智光秀も裏切りを決めとった。こんな状況では信長公が生きておられても、西国全域が敵となり、備中《びっちゅう》に出陣していたわしらは降伏するか討死するしかないがね」

「…………」

「信長公はイエズス会やスペインばかりか、朝廷まで敵にされてまった。前門の虎、後門の狼《おおかみ》だで。いくら目指す方向が正しくても、これじゃあだちかんわな。そこでわしならもっとうまくやれると思ったんだで」

「うまくとは、どのように」

「虎も狼も手玉にとって、思う方向に走らせる。そうすればもっと早く天下を統一し、信長公の理想を実現することができるとなあ」

「信長公の理想を実現するために、信長公が邪魔になったということでござろうか」

「おかしいきゃあ。わしは信長公やおみゃあさんよりずっと下の身分に生まれ、差別や迫害を受けてきたんだで。平等で公正な世の中を作りたいという思いは人一倍なんだわ。だから信長公が失敗し、再び足利幕府の天下になるのを見とれんかったんかもしれん」

「あのままでは失敗されたでしょうか。信長公は」

「当たり前だがや。あんな無茶苦茶やってまったらだちかんわ。イエズス会を敵に回せば南蛮貿易もできんくなるし、硝石も鉛も買えんくなる。朝廷を敵に回せば大義名分を失ってまって、力だけに頼らざるを得んくなる。そんなことはおみゃあさんも分かっとるでしょー」

「殿下が関白になられ明国出兵に応じる決断をなされたのは、虎と狼を思う方向に走らせるためだったのでしょうか」

　今後の天下の行く末を知るためにも、家康はそのことを確かめておきたかった。

「今はそうするしかにゃあでよ。やがて時が来たなら新しい手立てもあると考えとったが、朝廷とイエズス会は水と油、あっちを立てればこっちが立たずで往生しとるんだわ。いっそ明国を征服した後に朝廷をあちらに移してまって、日本を庶民だけの国にしたろまいと思うとるほどだで」

「そのようなお考えは、いかがかと」

「ほりゃほーだわ。そこで朝廷の顔を立て、バテレン追放令を出すことにしたんで、反対しているクリスタン大名や信者たちがこの先どう動くか分かりゃせん。それに」

たとえ信者ではなくても、西国の大名や商人たちは南蛮貿易の恩恵を受けているので、イエズス会やスペインに取り込まれる恐れがあると、秀吉は深刻な危機感を抱いていた。

「そこでおみゃあさんの力を貸してもらいたいんだがね」

「それがしに、何をせよと」

「東の大名をまとめてわしを支えてもらいたいんだわ。明日か明後日には弟秀長とおみゃあさんを従二位権大納言にして、朝廷を中心とした国を築くと天下に知らしめる。その前にこうして迎えに来たのは、わしと徳川三河守がどれだけ親密な間柄か、クリスタン大名どもに見せつけてやるためなんだで。のう、兄弟二人で信長公が理想とされた国造りをしていこまい」

秀吉は家康の手を取り肩を叩き、抱きつかんばかりにして頼んだ。

「承知いたしました。それがしごときを見込み、胸の内を明かしていただいたことに感謝申し上げます」

「そんならわしもひとつだけ訊《たず》ねるが、おみゃあさんは信長公が亡くなられたと聞いた時、頭の重しが取れた気がせなんだか」

「確かに頭上の暗雲が晴れて、見晴らしのいい場所に立ったような気がいたしました」

家康は正直にそう答えた。

「わしもそうだわ。本能寺の変を止めなかったのは、そんな重圧から解き放たれたかったからかもしれんて」

秀吉は秘密めかして打ち明けると、出発は正午だと告げて部屋を出て行った。

（第八巻につづく）

解　説

縄田一男

フランスの文学理論家、ジュリア・クリステヴァによれば、文学の意義とは〝先行する文学への果てる事なき異議申し立て〟であるという。それでは徳川家康を作品のテーマに選んだ場合、どのような諸作が作家の前に立ち塞がるだろうか。

まず第一は山岡荘八の大河小説『徳川家康』であろう。「武田信玄は二十一歳。／上杉謙信は十二歳。／織田信長は八歳。／後の平民太閤、豊臣秀吉はしなびた垢面の六歳の小童だった」という書き出しからもわかるように、この作品は家康が生まれる前の年、天文十（一五四一）年から筆を起こしているため、当然、織田、豊臣政権を含む戦国の全体像から徳川幕藩体制の確立期までを視野に入れたスケールの大きなものに仕上がっている。

この作品の構想は、作者自らが記しているように「人間の世界に、果たして、万人の求めてやまない平和があり得るや否や。もしあり得るとしたら、それはいったいどのような条件のもとにおいてであろうか。いや、それよりも、その平和を妨げているものの正体をまず突きとめ、それを人間の世界から駆逐し得るか否かの限界を探ってみたいのだ」という太平洋戦争を潜り抜けてきた作家自身の感慨から発している。そこから新興勢力織田をソ連に、京文化に憧憬をもつ今川をアメリカに、そして弱小国三河を日本になぞらえて、戦争と平和の問題を掘り下げようという発想が生まれてくる。

当然家康も、織田、豊臣を経て天下が転がり込んでくるまでじっと待っていた食えない狸親父としての像をかなぐり捨て、幼少時代の十四年に及ぶ人質生活をはじめ、己れの一生を忍の一字で貫き、恒久平和を実現した国家経営者として屹立してくる事になる。一方で、作品の随所にみられる「家臣はみ宝、家臣はわが師、家臣はわが影じゃ」というような家康の処世訓は、吉川英治作品のもつ教訓性とは別のところで、経営者やサラリーマンの心を摑《つか》み、一種の経営学ブームやビジネスマンの処世術として、歴史を情報として読む新しい読書のあり方をかたちづくっていく。『徳川家康』は、その最も顕著な例を示した、歴史小説の枠組を超えた作品と言えるだろう。

この一作でさえ挑戦するのは大変なのに、明治時代に書かれた村岡素一郎の『史疑　徳川家康事蹟』にヒントを得て「徳川家康影武者説」を展開した南條範夫の歴史推理『三百年のベール』や、これをさらに小説的にふくらませて壮大なユートピア物語を繰り広げた隆慶一郎の『影武者徳川家康』などがあるのだから何をか言わんやである。

が、安部龍太郎は果敢にもこれに挑んだ。

そして、その際、安部龍太郎の念頭に深く錨を下ろした二つの作品があったと思われる。一つは前述の隆慶一郎『影武者徳川家康』であり、いま一つは火坂雅志の遺作『天下　家康伝』である。

前者については、隆慶一郎は、安部龍太郎の内なる師とも言うべき存在であり、まずその事から記さねばなるまい。

ご存知のように、隆慶一郎は昭和五十九年『吉原御免状』で作家デビューして以来、『かくれさと苦界行』『捨て童子・松平忠輝』等の諸作で伝奇小説の可能性を遮二無二追求しつつ、平成元年十一月、肝不全のため、六十六歳でこの世を去った。その作風は網野善彦らの最新のアカデミズムの成果を神話的構成をもったダイナミックな物語性の中に取り入れ、日本史の中の隠れたユートピア構想を謳い上げるという壮大なものだった。そして隆慶一郎作品の登場によって、斯界の流れはビジネスマン向けの歴史情報小説から物語性の復権へと大きく変わり始めた。実際に〈隆慶一郎以後〉とでも言うべき若手作家たちの胎動すら聞こえてきたくらいである。

そのポスト隆慶一郎の最右翼と目されたのが安部龍太郎だったのである。側聞するところによれば、隆慶一郎が最後に会いたがった作家が安部龍太郎であると言われている。ことの真否は別として、これほど安部を勇気づけたものはなかったろう。

当然の如《ごと》く、家康を扱った作品を書く事になればそれは必然的に『影武者徳川家康』への挑戦になろう。そして本書巻末に記されている『家康』の掲載紙一覧を見れば、そこには『影武者徳川家康』が連載された「静岡新聞」の名前も挙がっているではないか。安部龍太郎の闘志は燃えたに違いない。

そして後者である火坂雅志の『天下　家康伝』は、序章において日本列島の美しさの根元を成すものは「――水」であり、「ここに一人、こよなく水を愛した男がいる」と徳川家康を紹介している。

これまで火坂雅志はNHK大河ドラマの原作となった『天地人』をはじめ、多くの作品で天下を取らなかった武将が何をしたか、をテーマに地方の時代と誇りを描いてきた。

その火坂の遺作が『天下　家康伝』である事に違和感を覚えた方も多いかも知れない。しかし、この序章に満ち満ちている清涼感を肌で感じるや、そんな違和感は吹き飛んでしまう。

敢《あ》えて結論から言えば、こんなに美しい家康を描いた小説はなかったと言ってい い。

信長のような突破力もなく、秀吉のような人たらしの術《すべ》も持たぬ家康がなぜ天下人たり得たのか。それは火坂の描く家康の一言に表れている。

「わしが天下を欲するのではない。天下がわしを欲したとき、ようやく何ごとかがはじまる。卑しい心根をもって世の兵乱を望むような男に、誰が付いてくると思う。おおやけの志を持たねば、人の心は動かせぬ」

この台詞は本多正信に説いたものだが、火坂自身が、自分がどういう人間でありたいか、という問いかけを持たねば出てくるものではない。

作者のデビュー当時は、前述のビジネスマン向けの歴史情報小説や歴史解説小説が幅をきかせ、彼の描くロマネスクで気宇壮大な物語性豊かな作品はなかなか受け入れられなかった。火坂も「私自身、小説家になってから、けっして順風満帆だったわけではない」と家康の苦労時代と己れのそれを重ね合わせている。

それでも火坂は決してブレる事なく物語の王道を突き進んだ。そして自分が、歴史・時代小説界の一筋の清流たる事を望み続けたのではあるまいか。

その火坂雅志と安部龍太郎は共にこう呼ばれた――〈隆慶一郎以後〉と。そして二人は、若き日、文学論を戦わせ、互いを育んだのである。


そして安部龍太郎の『家康』だが、この作品をものするにあたって一体どれだけの史料が動員された事だろう。その史料に関しては作中に記されているので、私はここにいちいち記さないが、目を見張るべきは史料を駆使した史実の再現力である。

作家独自の歴史観を軸に、膨大な史料によって肉付けされた戦国時代は、ラディカルな問題提起を帯びながら、その鮮やかさでもって読者を魅了する。既刊第六巻までに描かれた、家康とお市の婚約や、本能寺の変で暗躍したキリシタン大名、その背後にあるイエズス会やスペインの思惑……。世界の大航海時代という広大なスケールで描かれた戦国は、安部の縦横無尽な再現力の真骨頂と言えるだろう。

この再現力に、作家としての想像力が加わるのだから読者は目が離せない。

例えば第二章で桶狭間の戦いから二十四年経って大樹寺を訪れた家康が、かつて腹を切ろうとした事を思い出す場面や、また家康が浜名湖から白く雪をかぶった富士を見てわき上がる感動に鳥肌が立つ思いをする場面はどうだ。「(たとえ道は遠くとも、わしはお前を見守っておる)」と神宿る山にそう言われているようで、不覚にも涙がこみ上げてきたと記せば、何やら火坂雅志めく。

さらに家康が於義丸に「この命はわしのものではない。わしのために討死してくれた者たちのものだ。分かるか」「家臣、領民にとって何が最善かを常に考え、我が身を犠牲にすることさえ厭《いと》うてはならぬのだ」と、秀吉の養子になる事を納得させる場面では、複雑な感情の移り変わりを描くのではなく、於義丸が弓を借りて瞬時に鳥を射貫く事ですべてを描いている。一体あの時於義丸はどのような想いだったのか、それを思うと切なくてたまらないばかりか、その語らなさが、読者の無限の想像力を掻き立てる。

また、本作では自然災害と戦国の動向がどのように関わっていたかが緻密に語られている。例えば、第四巻の信長による甲州征伐時に起こった、浅間山の大噴火はその後の武田家の命運を表すかの如く、破滅的な状況が克明かつ鮮明に描かれた。この第七巻で言えば、第四章の天正大地震がまさにそれである。世界という高い視座から戦国を見渡しながら、当時の戦国の人々の生活にも思いを馳せる、安部龍太郎の想像力の真骨頂が垣間見える。

興味が尽きないと言えば、これまで謎であるとされていた重臣、石川数正出奔の理由を史料によって読み解いている点だ。

この石川数正に関しては後半最大の見せ場が控えている。家康が庭先に控えた数正と恩讐を越えて対面する場面は落涙を禁じ得ない。庭に下りて数正の傍に座った家康が「やつれたな。苦労が絶えぬのであろう」「わしが不甲斐ないばかりに、そちには苦労をかけた」と言う場面は、かつて君臣の情で結ばれた男たちの絆を見事に描いている。そしてついに明らかにされる数正の真意――。

いまや家康も秀吉の妹を妻に迎え、完全に取り込まれてしまっているのである。

本書は、秀吉の厳しいバテレン追放令が猛威を振るうところで幕となるが、家康、秀吉両雄の水面下での角逐、さらにはさまざまに張りめぐらされた伏線の数々、それらがどのような展開をみせるのか、八巻以降も楽しみでならない。

――文芸評論家

本作は左記の新聞に連載された「家康　飛躍篇」に加筆・修正した文庫オリジナルです。

室蘭民報　山陽新聞
釧路新聞　大阪日日新聞
日本海新聞　北國新聞
静岡新聞　岐阜新聞
福島民報　南日本新聞
四國新聞　佐賀新聞
長崎新聞　上毛新聞
東奥日報　夕刊フジ
岩手日日　ハワイ報知
茨城新聞　京都新聞

（順不同）

幻冬舎文庫

●幻冬舎時代小説文庫
吾亦紅《われもこう》
小烏神社奇譚
篠　綾子

小烏神社で「虫聞きの会」が開かれるが、宴の最中に医者の泰山が気になることを口にする。江戸で不眠に苦しむ患者が増えているというのだ。流行り病か、それとも怪異か——。シリーズ第六弾。

●幻冬舎時代小説文庫
せきれいの詩《うた》
村木　嵐

浪人となった松平陸ノ介は幼馴染と仲睦まじく暮らしていたが、尾張藩主である長兄・徳川慶勝に請われ家士となる。藩内の粛清を行う陸ノ介。一方、弟の松平容保は朝敵の汚名を被り一路会津へ。

●幻冬舎時代小説文庫
江戸美人捕物帳
入舟長屋のおみわ　紅葉の家
山本巧次

長屋を仕切るお美羽が家主から依頼を受けた。隠居のために買った家をより高い額を払ってまで手にしたがる商人がいて、その理由を探ってほしいという——跳ね返り娘が突っ走る時代ミステリー。

●最新刊
神奈川県警「ヲタク」担当　細川春菜4
テディベアの花園
鳴神響一

三浦市で起きた殺人事件の被害者はテディベアのコレクター。春菜は、テディベアに詳しい捜査協力員の知識を借りて被害者が残した謎のメモ、「PB55……TCOA?」を解明しようとするが……。

●最新刊
〈あの絵〉のまえで
原田マハ

「絶対、あきらめないで。待ってるからね。ずっと、ずっと」。美術館で受け取ったのは、亡き祖母からのメッセージ——。傷ついても、再び立ち上がる勇気を得られる、極上の美術小説集。

家康《いえやす》（七）

秀吉《ひでよし》との和睦《わぼく》

安部龍太郎《あべりゅうたろう》

令和4年12月10日　初版発行

発行人――石原正康
編集人――高部真人
発行所――株式会社幻冬舎
〒151-0051東京都渋谷区千駄ヶ谷4-9-7
電話　03（5411）6222（営業）
　　　03（5411）6211（編集）
公式HP　https://www.gentosha.co.jp/
印刷・製本―中央精版印刷株式会社
装丁者――高橋雅之

幻冬舎時代小説文庫

ISBN978-4-344-43249-9　C0193　あ-76-9